遠くであの子を抱きながら

橘真児

双葉文庫

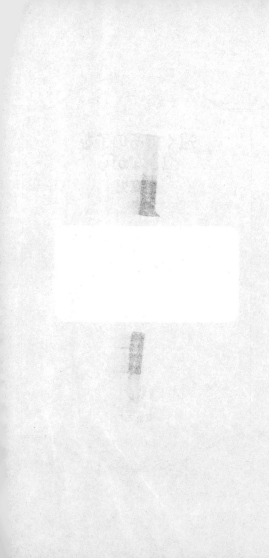

目次

遠くであの子を抱きながら

第一章　センチメンタルドライブ

1

　空は青く澄み渡り、窓を開ければ鳥のさえずりも聞こえるだろう。まさに絶好のドライブ日和《びより》だ。

　なのに、ハンドルを握る吉村慎一《よしむらしんいち》の胸中は曇り空、いや、いっそ雨模様だった。それも、しつこく降り続ける涙雨だ。

「ああ、くそ」

　ひとりなのをいいことに、苛立《いらだ》ちをそのまま口に出す。せっかく長い休みを取って、気分転換にドライブ旅行へ出発したというのに。

　要するに、気持ちの切り替えができないぐらい、ショックが大きかったということだ。

　二十五歳の平凡な会社員である慎一は、四半世紀に及ぶ人生もこれまた平凡であった。

小中高と平均的な成績をおさめ、普通レベルの大学に進学。身の丈に合った会社を選んで就職し、現在に至る。普通免許以外に特段の資格はなく、会社での上司の評価も、給与ぶんは働いているというところ。

見た目も秀でたところはない。人畜無害の風貌《ふうぼう》は、警戒こそされないまでも、異性に注目されるだけの魅力に欠ける。加えて、ひと前に出るのを好まない控え目な性格もあり、この年まで男女交際の経験がなかった。

いちおう童貞ではない。未経験のまま社会人になるのは心許ない気がして、アルバイトの給料を貯めていた通帳から必要なぶんだけをおろし、ソープランドで初体験をした。それもまた、可もなく不可もなくという首尾であった。

そういう取り柄のない自分に嫌気がさし、少しでも成長するために努力する。なんて自己研鑽《けんさん》とも無縁の慎一だが、いっぱしに恋ぐらいはするのだ。

とは言え、生まれて此の方一度として、告白などしたことはない。よって、片想いのまま何事もなく終了するのが常だった。

そんな彼が、かつてなく心を奪われ、恋い焦がれた女性がいた。同じ会社の同期である、滝本敦美《たきもとあつみ》だ。

今も車を制限速度で走らせながら、慎一の脳裏には彼女の顔が浮かんでいた。

（ああ、敦美ちゃん）

面と向かってそんなふうに呼んだことはない。『滝本さん』と他人行儀に接するのが常だった。

だが、愛しいひとを胸の内でどう呼ぼうが、個人の自由である。

敦美は奥二重の細い目と、えくぼが愛らしい。本人は目許のそばかすを気にしているようだったが、慎一にはチャームポイントに映った。

何より、いつも笑顔で、気立てが優しい。困っているひとを見ると放っておけず、必ず声をかける。

敦美とは、会社の面接試験が一緒だった。控室で緊張を隠せなかった慎一に、

『わたしもすごくドキドキしてるの。リラックスして、うまくできるように頑張ろうね』

初対面にもかかわらず、励ましてくれたのだ。おかげで、気持ちがすっと楽になれたし、彼女と同じところで働きたいと頑張れた。

入社式のとき、慎一は敦美と再会した。彼女もちゃんと憶えていて、

『またいっしょだね』

笑顔で右手を差し出す。戸惑いつつ握手をすれば、その手はとても柔らかく、なめらかで暖かだった。これで惚《ほ》れない男がいるものか。

残念ながら所属部署は異なったが、それほど規模が大きくない会社である。出勤時や退社時、昼休みなど、社内や会社の外で顔を合わせることも多い。

また、若手が集まっての飲み会など、所属を越えた交流も活発だった。そういうときは同期のよしみもあって、敦美のほうから話しかけてくれた。

もしかしたら、彼女と恋人同士になれるのではないか。慎一がそんな期待を抱いたのは、交際経験のないウブさゆえであろう。しかも、いずれ敦美が告白してくれるに違いないと、甘い考えを抱いたのである。

要は自分から告白する勇気がなかったため、相手に委ねる方法を選んだのだ。断られて傷つくのも嫌だった。

そんなことで恋が成就するほど、世の中や人生は甘くない。入社して三年目を迎えても、敦美からのアプローチはなかった。

先日の日曜日、普段なら休みの日はアパートの部屋でごろごろする慎一であったが、珍しく外出した。それも、ひとの多い都心の繁華街へと。

何か目的があったわけではない。不健康な休日の過ごし方を反省し、外を歩こう考えたのである。あとは気に入った本が見つかったら買ってもいいかなと、そのぐらいのつもりでいた。

四階建ての大きな書店に入り、店内をひととおりぐるりと回る。めぼしいものはなかった。仕方なく、何か旨いものでも食べて帰ろうかと外に出たとき、通りの反対側を歩く敦美を見かけた。

彼女はひとりではなかった。男と一緒だったのである。しかも、遠目でも仲睦《なかむつ》まじげに見えた。

ひょっとして彼氏なのか。慎一は胸の不穏な動悸を抑えられなかった。確かめるべく通りを横断し、あとを追ったところ、ふたりは宝石店に入った。

そのときにチラッと見えた男は、敦美よりも年上に見えた。

父親というには若すぎる。では、兄かとも考えたが、彼女に男きょうだいがいないのは本人から聞いていた。

つまり、ふたりは恋人同士なのだ。

ウインドウ越しに店内を窺えば、敦美と男はショーケースを覗き込み、何やら談笑していた。指輪を買ってほしいとおねだりしているのだろうか。あんなにも惹かれたキュートな笑顔が、このときは憎くてたまらなかった。

かくして、慎一の恋は無残な結末を迎えた。

こんなことなら、たとえ玉砕したとしても、ちゃんと告白すればよかった。そうすれば諦めもついたのに。

だが、今さら悔やんでも遅い。

告白できぬまま終わった恋など初めてではない。しかし、慎一がこれまでになく落ち込み、悲しみに暮れたのは、それだけ本気だったからだ。破れて初めて、彼自身もそのことに気がついた。

こんな状態で、どうして仕事などできようか。出社して敦美と顔を合わせたら、気がおかしくなるかもしれない。

それでも無断欠勤するわけにはいかず、週明けには会社へ向かう。幸いにも、彼女と遭遇《そうぐう》することはなかった。

その日の朝礼で、上司が働き方改革について社の方針を伝えた。残業や休日出勤を減らすように述べたあと、有休についても、

『有給休暇は社員の権利なのだから、使わずにいることが美徳だなんて思わないように。むしろ、権利を行使する社員こそ、普段から仕事がちゃんとできている証であり、信頼されるんだからな』

と、取得をはたらきかけた。最近、一部の部署で残業が常態化しているとのことで、会社全体で健全化を図ることにしたらしい。

慎一は、それほど積極的に有休を取得しなかったクチである。盆や正月に帰省するとき、会社の休業日にプラスして、二、三日追加したぐらいだ。意識して使わないようにしていたわけではなく、その必要がなかっただけのこと。

『それから、リフレッシュは大切だぞ。気分を一新すれば、仕事もはかどるようになるからな』

上司の言葉に、慎一はハッとした。あたかも、天啓を得たかのごとくに。

――そうだ。休みを取って旅行しよう!

失恋の痛手から立ち直るには、それしかない。嫌なことをすべて忘れ、新たなスタートを切るためにも。

担当していた仕事が、ちょうど一段落ついたところだったから、タイミング的にもばっちりだ。慎一はさっそく休暇届を提出した。土日を含めて、丸まる一週間の休みである。

奨励した当日に、いきなり申し出があるとは思っていなかったらしい。上司は面喰らったようであったが、快《こころよ》く受理してくれた。

昼休み、慎一は友人に連絡を取った。勤め先は違うが同郷で、大学も一緒だった男である。今でも月一ぐらいで顔を合わせていた。

終業後に待ち合わせ、居酒屋で飲み始めてすぐに、慎一は用件を切り出した。

『前に、車を買ったけど全然乗ってないから、いつでも貸すって言ったよな』

『ああ』

『さっそくだけど、明日から一週間、貸してくれないか』

『かまわないけど、帰省するのか？』

『いや、旅行しようと思ってさ。有休も取ったんだ』

その翌朝、友人のところを訪ね、車を受け取る。ミニバンで、後部座席を倒せばからだを伸ばして寝られるから、車中泊も可能だ。

『ありがとう。恩に着るよ』

礼を言うと、友人は『いや、かまわないよ』と首を横に振った。

『ただ停めておいても、バッテリーがあがるだけだからさ。ていうか、いきなり旅行なんて、何かあったのか？』

問いかけに、慎一は『まあ、いろいろ』と言葉を濁した。すると、彼はそれだけで何かを察したみたいに、

『ま、生きてりゃいろいろあるよな』

詳細を問うことなく共感してくれる。慎一は胸が熱くなった。

かくして、借りたミニバンに荷物を積み、こうして気ままなひとり旅に出かけたのである。

会社員三年目でも、貯金はそこそこある。それこそ彼女がいないこともあり、お金を使う機会があまりなかったのだ。両親もまだ働いており、仕送りの必要もなかった。

よって、公共の交通機関やホテルを使うことも可能である。しかし、その場合は目的地を確定し、宿泊予約や切符の手配をしなければならない。

慎一は当てのない、自由な旅を楽しみたかった。そのほうが傷心旅行に相応《ふさわ》しいからだ。また、行った先であちこち回るのにも、車は便利である。

手頃な宿があれば、そこで泊まってもいい。なければ車中泊だ。そのためのマットレスと毛布も積んである。

風呂は銭湯か温泉でいいし、洗濯物が溜まったらコインランドリーを探すつもりだった。交通費と宿泊代にお金をかけないぶん、行く先々で美味しいものを食べようとも考えていた。

車なら、ヒッチハイクをする女性を乗せて、ワンナイトラブなんてこともあり得る。と、いやらしい期待も少なからずあった。

失恋から立ち直りたかったら、次の出会いを見つけるべきだと聞く。たとえひと夜限りの関係であっても、気が紛れるのではないか。

(そうさ、忘れなくっちゃ――)

脳裏に浮かんだ敦美の面影を消し、慎一は車を走らせた。目の前に続く道の行く手に、明るい未来があることを信じて。

2

目的地へ急ぐのなら、高速道路を走ればいい。だが、そもそも目的地がないのだ。

また、わざわざ有料の道を選ぶ必要はない。

高速だと出口やジャンクションなど、表示が頻繁にある。嫌でも目に入るから、行く先がわかってしまう。

慎一は出発してからずっと、一般道路を走っていた。同じ方角に真っ直ぐ進むのではなく、十字路や丁字路では気の向くままに曲がった。さらに、どこを走っているのかわからないように、カーナビの地図もマックスまで拡大した。

そこまで徹底して、自らの現在位置がわからないようにしたおかげで、一時間も経った頃には、本当に見知らぬ土地へ迷い込んだ心境に陥《おちい》っていた。

（もう都内じゃないよな……）

進んできた方角がわからないため、場所は定かではなくても、隣の県には入っているのではないか。周囲にも高層の建物は見当たらず、家や商店の雰囲気も地方っぽい。

慎一の郷里は日本海側で、農地の広がる牧歌的な景色は、このあたりよりもずっと田舎だ。車がなくては生活できず、親の勧めもあって、学生のうちに免許を取得したのである。

もっとも、東京では公共の交通機関で事足りるから、車は買っていない。学生のとき、レンタカーを借りて仲間とドライブをしたぐらいだ。

けれど、友人の車を走らせながら、自分も買おうかなと考えはじめていた。

（いつでもこんなふうに、気ままな旅を楽しめるからな）

そうすれば、出会いの機会も増えるだろう。また、今回の旅で素敵な女性と知り合った場合、彼女が遠方に住んでいても、車があればいつでも訪ねられる。

などと想像をふくらませ、気持ちがはずんでくる。失恋のショックもだいぶ薄らいだようだ。旅に出て正解だったなと慎一は思った。

今日は車を借りたあとに持ち物などの準備をし、自宅アパートの近所で昼食を食べた。出発したのは、昼を回ってからである。

二時間ほど走ったあと、コンビニで飲み物を買って休憩を取る。さらに当てのないドライブを続け、夕方に近い時刻となった。

(今夜はどうするかな……)

そろそろ寝場所を決めなければならない。

ホテルがなければ車中泊をするつもりだったが、車を停める場所を吟味《ぎんみ》する必要がある。そもそも、ひと晩駐車できる場所など限られているのだ。

何かが流行すると、それに伴って非常識な行動やマナー違反もクローズアップされるもの。たとえば、ネットに写真を投稿するために見栄えのいい飲食物を注文し、撮影だけして食べずに残すみたいな行為だ。それにより、マナーを守って趣味を楽しむ者たちまで白い目で見られてしまう。

車中泊も手軽なレジャーとして広まり、駐車場を占拠して迷惑をかける輩《やから》が増えた。そのため、多くの場所で禁止となったようだ。慎一も報道で目にしたことがある。

ならば、人里離れた山中や、夜間に訪れる者がいない公園の駐車場ならかまうまい。出発前、慎一はそんなふうに考えていた。実際、ここに来るまでの道中にも、広い駐車場はいくつもあったし、車中泊ができそうな道路脇のスペースも見つけた。

しかし、まったくひとの目が届かないところとなると難しい。不審車が停まっていると通報されたら面倒である。

仮に、誰もいない山中に入ったとしても、私有地ではない空き地などあるのだろうか。あまり奥へ入りすぎたら、猪や熊など野生動物と遭遇するかもしれず、それも怖い。

などと考慮していったら、車中泊は無理ではないかという気がしてきた。

(……今夜はホテルにしようかな)

一日目だし、運転でけっこう疲れた。車で寝泊まりするのは、もう少し旅慣れてからにしよう。

そのとき走っていたのは、ごく普通の住宅街だった。人通りも目立たず、対向車も少ない。ホテルを見つけるには、駅前とか繁華街に向かう必要がある。闇雲に走っていたら、いつまで経っても辿り着けないだろう。ここはカーナビを使用すべきかなと思ったとき、道路上に白線で描かれた菱形があった。この先に横断歩道ありの標示だ。

前方を注意すると、片側一車線の道路を横切る横断歩道があった。その脇に佇む人影を認め、ブレーキを踏む。横断歩道では歩行者優先なのだ。

日が翳《かげ》りつつある中、赤みを帯びた陽光が照らすそのひとは女性だった。どことなく愁《うれ》いを帯びた面差しに見えたのは、光の加減だったのか。

そして、横断歩道の手前で停止したところ、顔立ちの整った、なかなかの美人だとわかった。

シックな色合いのワンピースに、カーディガンを羽織った彼女は、佇まいにも淑やかさと落ち着きが感じられる。間違いなく年上だろう。

(あれ？)

慎一は首をかしげた。ちゃんと停止しているのに、その女性は横断歩道を渡ろうとしなかったのだ。

あるいは、誰かを待っているだけで、反対側に渡るつもりはないのか。だったらこのまま進んで大丈夫かなと、ブレーキから足を離しかけたとき、彼女がこちらを向く。

（あ――）

慎一は胸を高鳴らせた。愁いの表情が光の加減ではないとわかったのに加え、やけに色っぽく見えたからである。

女性がこちらに歩み寄ってくる。何かまずいことをしたのかと緊張を隠せずにいると、助手席側の窓をノックされた。

「……あの、何でしょうか？」

ウインドウを下ろし、恐る恐る訊《たず》ねると、彼女が照れくさそうに頬を緩めた。

「突然ごめんなさい。もしよろしかったら、乗せていただけないかしら」

そんなふうには見えなかったものの、ヒッチハイクをしていたというのか。べつに急いでいたわけではなく、気ままなドライブ旅の最中である。こんな美人が車上強盗などの犯罪行為を企んでいるとは思えないし、困っているのなら助けるべきだ。

「ああ、はい。かまいませんけど」

「よかった。ありがとう」

女性が安堵《あんど》の表情を浮かべ、助手席に乗ってくる。香水なのか、柑橘《かんきつ》系の甘い香りをまとって。

「わたし、堀田多佳子《ほったたかこ》です」

怪しい人間ではないとわかってもらうためか、彼女が名前を告げる。警戒することなく車に乗ったのは、初対面の男を信頼してなのだろう。人畜無害の風貌が功を奏したとも言える。

「おれ——僕は、吉村慎一です」

車内に漂う女らしいかぐわしさにもどぎまぎしつつ、こちらも名乗る。次の瞬間、

(あれ?)

慎一はふと、奇妙な感覚に囚われた。初めて会ったはずの年上女性に、前々から知っているような親近感を覚えたのである。

もしかしたら、初対面ではないのだろうか。いや、ひと目で惹かれたぐらいに魅力的なひとなのだ。以前にも会っていたら忘れるはずがない。

そう言えば、学生時代に好きだったアイドルグループの、センターに立っていた子にちょっと似ている。そのせいで親しみを感じたらしい。

(ていうか、初日からこんな綺麗なひとと知り合えるなんて)

旅先で女性を乗せて、ひと夜の契《ちぎ》りを持てたらと、夢想したのは確かである。

けれど、このときの慎一は、そこまで都合のいい展開を期待しなかった。間近で見る彼女はいっそう美しく魅力的で、自分みたいな冴えない男など相手にしまいと思えたのだ。

「ひょっとして、旅行中ですか？」

多佳子が訊ねる。その前に後部座席をチラッと見たから、積んでいる荷物でそう判断したらしい。

「そうです。気ままなひとり旅というか」

「いいですね。羨ましいわ」

それは単なる社交辞令ではなく、心からの言葉のように感じられた。

(ひょっとして訳ありなのかも)

でなければ、見知らぬ男の車に乗らないだろう。

それに、羨ましいということは、彼女のほうは旅行中ではないのだ。小さなショルダーバッグ以外に荷物を持たず、余所行《よそい》きには見えない身なりからして、地元の人間のようである。

「どちらに向かえばいいんですか？」

「とりあえず、このまま走らせていただけますか」

要領を得ない返答に、慎一は面喰らった。

「このままですか？」

「ええ。特に行くところが決まっているわけではないので」

多佳子が目を伏せる。事情を知りたかったものの、プライバシーに踏み込んでいいものかと迷った。結局、

「わかりました」

と、素直に車をスタートさせる。

（……まさか家出なのか？）

だったらもっと荷物があるよなと、助手席を横目で窺う。すると、膝の上に置かれた彼女の左手に、指輪がはめられていることに気がついた。薬指のシンプルなそれは、結婚の証ではないのか。

（多佳子さんって人妻なのか）

どうりで落ち着きと色気があるはずだ。

化粧っ気の感じられない顔や、白さの際立つ手も肌が綺麗である。年上なのは確かなようながら、上に見積もっても三十歳といったところか。

（旦那さんと喧嘩《けんか》して、家を飛び出したのかな）

衝動的に出てきたのなら、荷物がないのもうなずける。

「慎一さんは、お仕事は何をされているんですか？」

問われてドキッとしたのは、苗字ではなく、下の名前で呼ばれたからだ。親戚以外の女性では初めてで、親しみを抱かれているようでくすぐったくなる。

「あ、ええと、普通の会社員です」

「じゃあ、お休みをもらって旅行に？」

「そうですね。気分転換をしようと思って」

さすがに失恋が理由だとは言えなかった。社会人にもなってセンチメンタルジャーニーだと知られるのは、さすがに気恥ずかしい。

「今日は、これからどちらに？」

「まだ決めてないんです。とりあえず食事して、泊まるところを探そうかなと考えていたところで」

この返答に、多佳子が表情を明るく輝かせる。

「だったら、いっしょに食べませんか？　わたしもお腹が空いてきたので」

「ああ、はい。それはもう」

「車に乗せてもらったお礼に、わたしが奢《おご》りますね」

女性に払わせるのはどうかと思ったものの、ここは年上の厚意に甘えてもいいだろう。

（ていうか、お腹が空いたというより、気を紛らわせたいのかも）

夫以外の男と会食することで、喧嘩の憂さを晴らそうとしているのではないか。慎一は密かに想像した。

3

多佳子の案内で、少し離れたところのファミリーレストランに入る。チェーン店ではなく、いかにも地域のひとびとに愛されているという佇まい。客席もそれほど多くはなかった。

（こういう店を知ってるんだから、やっぱり地元のひとなんだな）

どこか遠くへ行きたい心持ちになり、通りがかった車に乗ったのだろう。

「飲んでもいいかしら？」

多佳子が訊ねる。慎一は「ええ、どうぞ」と答えた。

「ごめんなさいね、わたしばかり。でも、ちょっと酔いたい気分なの」

やはり、気を紛らわせたくなる出来事があったのだ。

ここへ来るまでのあいだに、慎一は年齢を問われ、二十五歳だと教えた。すると彼女は、

『じゃあ、わたしと六つも違うんですね』

と、ちょっと驚いた顔を見せた。年がもっと近いと思っていたのか。ともあれ、それで多佳子が三十一歳だとわかった。

年の差がはっきりしたためか、彼女の言葉遣いは年上らしくくだけたものになった。注文するときも「これが美味しいわよ」とか、「サラダも食べなさい」などと、姉のようにアドバイスをした。

多佳子は生ビールと、他に簡単なおつまみを注文した。やはり空腹というよりは飲みたかったらしい。

先に届いたジョッキに、彼女は「お先に失礼」と口をつけた。コクコクと喉を鳴らして半分近くも空け、ふうと満足げな息をつく。

「慎一さんも飲めればいいのにね」

多佳子が残念そうに言った。運転があるからアルコールは厳禁である。

「あの、どうして僕の車に乗ったんですか？」

気になって訊ねる。自分が人畜無害そうなのは確かながら、他にも選ばれた理

由があるのかもしれない。

「ちゃんと止まってくれたからよ」

人妻がさらりと答える。だが、べつに彼女を乗せようとして止まったわけではない。

「だって横断歩道でしたから」

「でも、脇に歩行者が立っていても、止まらない車がほとんどだわ」

慎一も横断歩道を渡ろうとして、車がなかなか止まらず苛立ったことがある。ドライバーの中には、あの菱形マークの意味すら理解していない者も少なくないのではないか。

「慎一さんはちゃんと止まってくれたから、信頼できるひとだってわかったの」

見た目で判断したわけではなかったらしい。ただ、そんなことで簡単に信用するのもどうかと思った。

注文したものが運ばれてくる。食べながら、ふたりの会話ははずんだ。多佳子は二杯目の生ビールを注文した。

アルコールが入って饒舌《じょうぜつ》になったか、彼女があれこれ質問する。ほんのり染まった頬が色っぽく、慎一は舞いあがった。あの車は友人に借りたものであることや、大学進学を機に上京し、こちらで就職したことなども話す。

「慎一さん、彼女はいるの？」

「いません」

正直に答えるなり、胸がチクッと痛む。脳裏に敦美の顔が浮かんだ。

（まだ引きずってるのかよ、おれは……）

ドライブをして、多少なりとも気が晴れたと感じた。だが、失恋の傷口は、そう簡単には塞がらないらしい。

自覚したせいで気持ちが荒《すさ》む。そのため、彼女に嫌なことを思い出させるかもしれないのに、

「多佳子さんは、旦那さんがいるんですよね」

と、確認するまでもないことを訊ねた。

「え、どうして？」

「指輪をしてますから」

左手の薬指に視線を向けると、人妻が納得顔でうなずく。

「ええ、そうね」

銀のリングをじっと見つめ、表情を曇らせる。慎一は後悔した。

（余計なことを訊《き》くんじゃないよ）

不用意すぎると、自らを責める。彼女は楽しく飲んでいたのに、水を差してしまった。

「すみません」

謝って、また悔やむ。これでは夫婦のあいだに何かあったと、決めつけるようなものではないか。

すると、多佳子が吹っ切るようにジョッキを飲み干し、深く息をついた。

「ダンナが浮気してるの」

唐突な暴露に、慎一はギョッとした。夫婦喧嘩どころの騒ぎではない。

「う、浮気ですか？」

「そうよ。しかも、若い女と」

彼女の話によると、近所の知り合いから報告されたそうだ。あなたの旦那さんが、若い子と仲よさげに歩いていたと。それは日曜日のことで、夫は休日出勤だと言って出かけたのだ。つまり、仕事なんて嘘だったのである。

しかし、他人の空似とも考えられる。何より夫を信じたかったから、多佳子はその日、帰宅した夫のためにご馳走をこしらえた。休日にお仕事ご苦労様でしたと、ねぎらうつもりで。

ところが、彼は気まずげに目を逸らし、落ち着かない様子だったという。後ろ暗いところがある証拠だ。

「仕事が忙しいからって、わたしの相手を満足にしてくれなかったのは、他に女がいたからなのよ。ベッドで誘っても、全然ノッてこなかったし」

露骨な話に顔が熱くなる。相手をしてくれないというのは、夜の生活のことなのだ。こんなに魅力的な奥さんを抱かないなんて、にわかには信じ難かったものの、他に女がいるのならうなずける。

「とにかく、あのひとは間違いなく浮気をしてるの」

「旦那さんに確認したんですか？」

慎一の質問に、多佳子が首を横に振る。その理由は口にしなかった。

（たぶん、真実を知るのが怖いんだな）

あるいは、潔白だと信じたい気持ちが少なからずあるのだろうか。

「わたしがあのひとと結婚したのは、女は愛するよりも、愛されて結婚したほうが幸せだと思ったからなの」

三杯目の生ビールを注文してから、彼女はやり切れなさそうに告白した。

「正直、最初はしつこい男だって思ったの。いくら適当にあしらっても、めげずにアプローチしてきたから。あのひと、絶対幸せにするからって、わたしを口説き続けたの」

「そうだったんですか」

「最後は、わたしのほうが折れたの。そこまで言うのなら、本当に幸せにしてくれるかもしれないって思ったわ。実際、幸せだったし」

「結婚して何年になるんですか？」

「二年……ううん三年よ」

どこかの歌ではないが、三年目の浮気というわけか。

(こんなに素敵な女性と結婚したのに浮気をするなんて、大馬鹿者だよ)

どれだけ美しい伴侶を射止めても、若い女のほうがいいというのか。自分だったら絶対に目移りなんてしないのにと、慎一は歯がゆさを覚えた。

ただ、ひとつ気がついたことがある。

(愛するよりもって言ったけど、多佳子さん、他に好きな男がいたのかな？)

でなければ、そんな言い方はしないのではないか。想いを寄せていた相手を諦めて結婚したからこそ、裏切られて悔しいのだろう。

「ひょっとして、旦那さんの顔を見たくなくて、家を出てきたんですか？」

「そういうわけじゃなくて……今日、ダンナは出張でいないの」

「え、だったらどうして？」

「なんか、ひとりで家にいるのが惨めな気がしてね。あのひとは好きなことをして楽しんでいるのに、どうしてわたしが留守を守らなくちゃいけないのかって考えたら、何もかもイヤになったの」

見ず知らずの男の車に乗ったのは、どうにでもなれと自棄《やけ》になっていたためもありそうだ。

（おれの車に乗せられてよかったな）

悪い男に引っかかったら、今ごろどうなっていたかわからない。

「だからって、無謀なことはしないほうがいいですよ。まったく知らない男の車に乗るなんて、危なすぎますから」

生意気かなと思いつつ、慎一は忠告した。ところが、

「慎一さんはアブナイひとなの？」

と、首をかしげられてしまう。

多佳子をどうにかしようなんて、企んでいたわけではない。けれど、旅に出る

に当たって、異性との色めいた展開を期待したのは確かなのだ。

「おれ——ぼ、僕はそんな」

見透かされた気がしてうろたえる。すると、人妻がクスッと笑った。

「冗談よ。慎一さんがいいひとだってことぐらい、ちゃんとわかってるから」

安堵したものの、いいひとだなんて言われるほどの善人ではない。

「まあ、軽はずみな行動だったのはたしかね。ホント、乗ったのが慎一さんの車でよかったわ」

多佳子が感謝の面持ちを見せたとき、ジョッキが運ばれてきた。

「ちょっと飲み過ぎかしらね」

自虐的な笑みを浮かべた彼女に、慎一はかぶりを振った。

「いいえ。嫌なことがあったら、飲んで忘れればいいと思います」

「あら、やけに実感がこもってるじゃない」

「それは——」

迷ったものの、慎一は思い切って打ち明けることにした。多佳子も夫の浮気を話したのであり、ここは対等になるべきだと。

「僕も、多佳子さんと似たようなものだから。旅に出たのは、失恋の傷を癒やすためなんです」

「まあ、そうだったの」

彼女は目を丸くしたものの、それほど驚いたふうではない。もしかしたら察していたのだろうか。

「つらいわよね……わたしたち、お互い寂しい者同士なのね。だからこうして出会ったのかも」

共感の言葉が胸に深く刺さる。慎一は危《あや》うく涙をこぼすところであった。

あれこれ話しながら飲み、酔って気が晴れたらしい。多佳子はレストランを出ると「家に帰るわ」と言った。

「じゃあ、送ります」

慎一が申し出ると、「お願いするわ」と笑顔で受ける。ジョッキを三杯空けても足取りはしっかりしており、帰り道もちゃんと指示できた。

「今の店、ダンナと行くときはジャンケンをして、負けたほうが運転だったの」

途中、彼女が思い出したように言う。

「じゃあ、勝ったほうがお酒を飲んだんですね」

「そう。だけど、わたしが飲みたいって言ったら、あのひとはいいよって、ジャンケンの勝ち負けとは関係なく、帰りは運転してくれたのよ」

優しい夫だったようである。しかし、それにも裏があったのだと、多佳子は決めつけた。

「あれも、浮気しているのがバレないための、偽りの優しさだったのね」

慎一は何も言えず、黙って車を走らせた。

堀田家は、住宅街の一戸建てだった。似たようなデザインの家が並んでいたから建売なのだろう。

「泊まるところ、決まってないんでしょ」

多佳子はすぐには降りず、慎一に確認した。

「ええ、はい」

「だったら、ウチに泊まりなさい」

「え、でも」

「さっきは飲めなくて、もの足りなかったんじゃない。それに、わたしもまだまだ酔いたい気分だし、付き合ってほしいんだけど」

是が非でもという面持ちを見せられては固辞しづらい。そもそも慎一自身、もう少し彼女と過ごしたかったのだ。

「わかりました。では、お言葉に甘えて」

了承すると、人妻が嬉しそうに頬を緩める。年齢を感じさせないあどけなさがありつつも、

「ええ、そうしなさい」

と、口調はあくまでもお姉さんぶったものであった。

家の前に一台ぶんの駐車スペースがあり、そこへ車を入れる。夫がマイカーで出張に行ったため、空いていたのだ。

「本当に出張なのかどうか、わからないけどね」

今日も他の女と会っているのではないかと、多佳子は疑っているようだ。

慎一は一階のリビングダイニングに通された。ソファーを勧められて腰掛けると、氷を入れたグラスが二つ運ばれてくる。

「ダンナが大事そうにちびちび飲んでたけど、悔しいから全部飲んじゃう」

多佳子がサイドボードから洋酒の瓶を出す。ラベルはすべて英字だったが、シングルモルトだけが読み取れた。

「いいんですか?」

大事なお酒を勝手に飲むのは、さすがにまずいのではないか。けれど、彼女は「いいのいいの」と軽いノリで、琥珀《こはく》色の液体をグラスに注いだ。

慎一が飲んだことのある洋酒は、居酒屋のハイボールか、ショットバーで注文したポピュラーなカクテルぐらいである。普段はほとんど飲まないし、何も混ぜないロックは初めてだった。

「それじゃ、あらためて乾杯」

「あ、どうも」

隣に坐《すわ》った多佳子と、グラスを軽く合わせる。口許に運ぶと、果実系の濃厚な香りが鼻奥を刺激した。いかにもアルコールの度数が高そうだ。

ただ、本物の大人の世界に足を踏み入れたようで、気分としては悪くない。しかも、美しい人妻とふたりっきりなのである。

グラスに口をつけ、少量を含む。一気に飲んだら噎《む》せるに決まっているからだ。

(うわ、キツい)

子供じみた感想を、洋酒と一緒に喉へ落とす。食道と胃が焼けるようであった。

　それでも、意外とイケるというか、悪くない味だ。これが本物の酒なのかと、青二才だった自分から脱皮した気分であった。

　もっとも、初めてブラックコーヒーを飲んだときと同じで、アルコールではなく大人びた気分に酔っているだけかもしれない。

　一方、飲もうと提案した多佳子はと言えば、

「うぅー」

　苦い薬でも飲んだみたいに、思い切り顔をしかめた。

「男って、どうしてこんなものを有り難がるのかしら」

　理解できないというふうにかぶりを振り、グラスを前のテーブルに置く。

「慎一さんも、こういうのが好きなの？」

　訊ねられ、慎一は年上の彼女よりも優位に立てた気がした。

「飲んだのは初めてですけど、悪くないと思います」

「ふうん」

　うなずきつつも、ちょっと悔しそうに眉をひそめる。年下の男が優越感にひたっているのを見抜いたのか。

「あ、そうだ」

いいことを思いついたという顔を見せ、多佳子がヒップの位置をずらす。慎一にほとんど密着するまで近づいた。

「な、何ですか？」

顔が間近になり、思わず怯《ひる》む。車中でも嗅いだ蠱惑《こわく》的な香りが、いっそう濃く感じられたためもあった。

「もうひと口飲んでみて。飲み込まないで、口に溜めたままにするの」

「はい……」

意図が摑めぬまま、とりあえずグラスの酒を口に入れる。すると、人妻の両手が頰に添えられ、彼女のほうを向かされた。

次の瞬間、美貌が焦点の合わぬ距離まで接近する。

「む——」

唇にふにっと柔らかなものが押しつけられ、からだが強ばる。手にしたグラスを落としそうになったが、どうにか堪《こら》えた。

（嘘だろ）

多佳子に唇を奪われたのは理解できても、これが現実だと実感するのに、少し時間がかかった。あまりに信じ難かったし、どうして彼女がこんなことをしたのか、さっぱりわからなかったからだ。

（……おれ、多佳子さんとキスしてるのか⁉）

慎一はほとんど茫然自失の状態であった。それでも、からだは外的刺激に反応してしまうものらしい。多佳子が舌でこじ開けようとしたものだから、唇を緩めてしまった。

ヌルリ――。

舌が侵入してくる。口内の酒を掬い取られ、慎一はようやく意図を察した。

（そうか。口移しで飲むつもりなんだ）

こぼさないように、唇をしっかりと密着させる。自身も舌を出し、彼女のものに触れさせたのは、あくまでも酒を与えるためであった。

多佳子が頬の手をはずし、縋《すが》るように抱きついてくる。

口移しがくちづけに変わる。慎一は手探りでグラスをテーブルに置き、彼女の背中に腕を回した。

あとは酒ではなく、香り高い唾液を交換する。舌を深く絡め、互いの背中を慈《いつく》しむように撫でながら。

（すごい……こんなキス、初めてだ！）

初めても何も、異性との親しい交流は、ソープランドでの一回こっきりなのである。そのとき唇も交わしたが、ほんの戯《たわむ》れでしかなかったはず。舌も軽く触れた程度ではなかったか。

よって、唾液も飲み合う本格的なくちづけは、これが初体験だった。

「ふは――」

唇が離れ、同時に息をつく。人妻の目は色っぽく潤んでおり、吸い込まれそうな心地がした。頬もいっそう赤い。

「これなら強いお酒も飲めるわ」

彼女の言葉に、慎一は「はい」と実感を込めてうなずいた。

「こっちのほうが、ずっと美味しいです」

率直な感想を告げると、満足げな微笑が返される。

「じゃあ、今度はわたしが飲ませてあげるわね」

多佳子がグラスを手にして、洋酒を口に含む。ふたりは最初からしっかりと抱き合い、顔を傾けて唇をぴったりと重ねた。

ぬくみと芳醇《ほうじゅん》さを増した酒が流れ込んでくる。それはふたつの舌でかき回されながら行き来し、両者の喉に同じ量が落ちた。

酒がなくなったあとも、濃厚な接吻《せっぷん》が続けられる。強い酒で、からだを火照《ほて》らせながら。一度離れても、見つめ合ったら情愛がこみあげ、もう一度と求めずにいられなかった。

「むはッ」

慎一が太い息をこぼし、くちづけをほどいたのは、ふたりのあいだに侵入した手が股間の高まりを握ったからである。

「ちょ、ちょっと──」

焦って腰をよじっても、手ははずされない。それどころか、逃さないとばかりに握り込む。

「すごいわ。ガチガチじゃない」

多佳子が淫蕩《いんとう》な眼差しで報告する。彼女が捉えた牡《おす》のシンボルは、逞《たくま》しい脈打ちを白魚《しらうお》の指に伝えた。

勃起《ぼっき》しているのを、慎一は自覚していなかった。くちづけに夢中で、肉体の変化に意識が向かなかったのだ。さわられて初めて、昂奮状態にあるとわかったのである。

「た、多佳子さん」

ハッハッと息をはずませると、彼女が艶《つや》っぽく目を細めた。

「キスだけで、オチンチンがタッちゃったの？」

からかう口振りに、顔が燃えるように熱くなる。

「だ、だって」

「ねえ、この元気なオチンチン、女のひとに使ったことあるの？」

セックスの経験を問うているのだと、すぐにわかった。

「い、いちおう」

「いちおう？」

「あの、そんなに経験がないんです」

馬鹿正直に答えると、多佳子が小さくうなずいた。たぶんそうだろうと見抜いていたのか。

「だけど、キスは上手だったし、女をヨロコばせる素質はあると思うけど」

だが、ほとんど初めてだったのに、あれだけ大胆なくちづけができたのは、彼女に導かれたからこそである。

「それに、オチンチンもとっても硬いし」

手指をすべらせ、ズボン越しに漲《みなぎ》り具合と、全体のサイズを確認する。悩ましげに眉根を寄せたのは、男が欲しくなった証だと感じられた。

（……おれ、多佳子さんとするんだろうか）

唇を交わし、直ではなくともペニスを握られている。しかも、今夜は泊まるよう言われているのだ。

期待した旅先でのアバンチュールが、いよいよ現実味を帯びてくる。分身もせがむみたいに小躍《こおど》りした。

「あら、わたしとしたいの？」

手にしたものに人妻が問いかける。

（したいです）

慎一は胸の内で答えた。すると、それが聞こえたかのように、

「それじゃ、見せてもらうわね」

高まりからはずれた指が、ズボンの前を開く。あらわになったブリーフのテントは、頂上に欲望のシミをこしらえていた。

「おしりをあげて」

いきり立つシンボルを見られるのである。恥ずかしかったが、それよりは快感への期待が勝っていた。

「は、はい」

背もたれに背中をあずけるようにして腰を浮かせると、ズボンとブリーフをまとめて引き下ろされる。

ぶるん──。

ゴムに引っかかった肉根が、バネでも入っているかのように、勢いよく反り返った。

「まあ、立派ね」

多佳子が目を丸くする。年下の男を下半身すっぽんぽんにしてしまうと、下腹にへばりつく漲り棒を握った。

「むふっ！」

太い鼻息がこぼれる。ダイレクトに感じる人妻の指は、泣きたくなるほどの快さをもたらしてくれた。

そのため、海綿体《かいめんたい》が限界以上に充血したらしい。

「え、すごい」

しゃくりあげるみたいに脈打つ屹立《きつりつ》を、多佳子が握り直す。その部分がベタついていることに、慎一は気がついた。

出発前にシャワーを浴びたのである。特にからだを動かしていないが、長い運転で緊張したし、坐りっぱなしで股間が蒸れていたようだ。

このまま最後まで進むのであれば、一度からだを洗いたい。自分ではわからずとも汗くさいかもしれないし、不快な思いをさせたくなかった。

ところが、バスルームを借りたいと申し出るより先に、握り手が上下し始めた。

「ああっ、あ――」

快感が爆発的に高まる。慎一は腰をガクガクと揺すりあげた。

「気持ちいい？」

問いかけに答える余裕もなく、息をはずませるのみ。すると、多佳子がペニスを左右で持ち替えた。

「脚を開いて」

蕩《とろ》ける悦びに頭がボーッとしていたため、深く考えもせず指示に従う。膝を大きく離し、股間を全開にすると、陰嚢《いんのう》に手が差しのべられた。

「くうう」

くすぐったいような快さに呻《うめ》きがこぼれる。男の急所だと心得ているのだろう、優しくさすられると、身悶《みもだ》えせずにいられなかった。

「タマタマがパンパンになってるわよ。かなり溜まってるみたい」

恥ずかしい指摘に、頬が熱くなる。定期的に右手で放出していたから、もちろんそんなことはないのだ。さりとて、正直に言うのははばかられる。

サオをしごかれ、タマを揉まれる。二箇所を同時に攻められ、慎一は上昇を余儀なくされた。

（ああ、まずいよ）

カウパー腺液《せんえき》が鈴口《すずぐち》からこぼれ、亀頭《きとう》の丸みを伝う。上下する包皮《ほうひ》に巻き込まれて泡立つばかりか、年上女性の綺麗な指もヌメらせた。

「こんなにお汁を出しちゃって。もうイッちゃいそうなの？」

そんなこと、いちいち訊ねるまでもなく、彼女もわかっているのだ。人妻だし、夫や過去に付き合った男にも、奉仕したに違いないのだから。

（多佳子さん、モテそうだものな）

こんなに綺麗で魅力的なひとが、旦那以外の男を知らないはずがない。今も両手を用いて巧みな愛撫を施しているし、きっと経験豊富なのだ。

よって、ソープ嬢相手に童貞を捨てた慎一が、どうして太刀打ちできようか。

「だ、駄目です。そんなにされたら……」

情けなさにまみれつつも、危機が迫っていることを伝える。すると、多佳子は無言のまま、ヒップの位置をずらした。慎一から少し離れたのである。

何をするのかと思えば、彼女がいきなり顔を伏せる。手にした牡器官の真上に。

「あ──」

慎一は焦った。てっきりフェラチオをされるのかと思ったのである。それも洗っていないモノを。

ところが、多佳子は口をつけず、鼻を寄せただけであった。

「オトコの匂いがするわ」

うっとりした口振りで言われ、居たたまれなくなる。もっとも、不快感はなさそうで、

「わたし、この匂いが好きなのよ」

と、お気に入りであることを告白した。

だからと言って、羞恥心が薄らぐわけではない。むしろ、匂いがするのだとわかり、早くシャワーを浴びたい心持ちにさせられた。

「味はどうかしら？」

言ってすぐに、彼女が漲り棒を頬張る。

「あ――うあああっ」

慎一は堪えようもなく声をあげ、ソファーの上でのけ反った。温かく濡れた中で、舌をねっとりと絡みつかされたのである。ペニスが熔けるのではないかと思われたほどの、強烈な快美感《かいびかん》が体内を駆け巡った。

（おれ、フェラチオをされてる！）

ソープ嬢にもされたが、そのときよりも背徳感と悦びが著《いちじる》しい。

「だ、駄目です、多佳子さん」

声をかけても、口ははずされない。チュパッと舌鼓《したつづみ》を打たれ、脳内に電撃を喰らった気がした。

（ああ、そんな……）

洗っていない性器をしゃぶられている。それも、美味しくてたまらないというふうな、丹念な舌づかいで。匂いと同じく、男の正直な味も好ましいのか。

「ああっ、そ、そこは」

慎一は悶えた。尖らせた舌先が、敏感なくびれ部分を強めにこすったのである。こびりついた味と匂いをこそげ落とすみたいに。

くすぐったさを強烈にした気持ちよさに、抵抗する気力を奪われる。もはや手足をのばし、からだを波打たせる以外、どうすることもできなくなった。

同時に、玉袋をモミモミされ、性感曲線が急角度で上昇する。

「駄目です……出ちゃいます」

降参しても、攻撃の手と口は緩められない。舌がいっそう激しく躍り、奉仕する口許からピチャピチャと淫《みだ》らな音がこぼれた。

（すごすぎる……）

これが人妻のテクニックなのか。

「あ、本当にもう」

目の奥が絞られる感覚に続き、腰の裏が甘く痺《しび》れる。限界だと諦めるなり、屹立の付け根で煮え滾《たぎ》っていた牡汁が、我先にと尿道を駆け抜けた。

びゅくんっ――。

ペニスが雄々しくしゃくりあげる。もしも咥《くわ》えられていなかったら、二メートルは飛んだのではないか。

「んっ」

多佳子が身を強ばらせる。射精するとわかっていても、口内発射されてさすがに怯んだのか。

けれど、すぐに舌が回り出し、次々と放たれる濃厚なエキスを巧みにいなす。筒肉《つつにく》に巻きつけた指の輪も、中身を絞り出すように上下した。もちろん、タマ揉みも忘れない。

おかげで、深い喜悦《きえつ》にひたる。

「ああ、ああ」

慎一は馬鹿みたいに声をあげ、手足のあちこちをビクッ、ビクンと震わせた。ザーメンと一緒に魂まで吸い取られるのではないかと、恐怖と紙一重の快感を味わう。

最後に尿道に残ったぶんを強く吸われ、ようやく口がはずされる。あんなに猛々《たけだけ》しかった分身が、たちまち力を失ったのは、心から満足した証であったろう。

ソファーの背もたれにからだをあずけ、慎一は胸を上下させてオルガスムスの余韻にひたった。億劫《おっくう》で、何もしたくない気分であった。

「気持ちよかった？」

多佳子の問いかけで我に返る。隣を見ると、人妻が艶っぽい笑みを浮かべていた。

「あ――」

慎一は焦り、目を泳がせた。たった今、彼女の口内に射精してしまったのだ。冷静でいられるはずがない。

そして、次の言葉でさらに狼狽《ろうばい》させられる。

「慎一さんの精液、濃くてとっても美味しかったわよ」

「え、飲んだんですか？」

訊ねてから、馬鹿な質問だったと気がつく。終わったあと、多佳子は何も吐き出さなかったのだ。そのまま喉の奥へ落としたのは明らかである。

「ええ。せっかく慎一さんが出してくれたんだもの」

出したというか、正しくは搾り取られたと言うべきだ。さりとて、そんな反論を口にする勇気はなく、慎一は情けなく唇を歪めた。

4

慎一はフルチンのまま、バスルームへと招かれた。シャワーを浴びましょうと、多佳子が言ったのである。

（どうせなら、しゃぶられる前に浴びさせてほしかったのに）

経験したことのない快感を与えられながらも、不満を拭い去れない。もっとも、脱衣所に入るなり彼女も服を脱ぎだし、そんなわだかまりはたちまち消し飛んでしまった。

カーディガンが肩からはずされ、ワンピースも床に落とされる。上下とも淡いブルーの、清楚な下着姿を目の前にして、喉がぐびっと浅ましい音を立てた。女体の甘ったるい香りが強まったためもあった。

「見てないで、慎一さんも脱ぎなさい」

人妻から睨まれてしまう。慎一は慌てて上半身の服に手をかけた。

下着を素早く脱ぎ、先に全裸になった多佳子が浴室に進む。一歩遅れた慎一は、ぷりぷりとはずむヒップを急いで追った。

中は浴槽も大きく、洗い場もふたりで充分な余裕がある。

（多佳子さん、旦那さんといっしょに風呂へ入るのかな）

ふと想像したのは、鏡の脇の小棚に、男性用のシェービングクリームと剃刀《かみそり》があったからだ。ここは夫婦の住まいなのだと、改めて思い知らされる。

多佳子はシャワーヘッドを手にして、お湯を肩から流した。

（ああ、もったいない）

慎一は残念がった。女体のいい匂いが消えてしまうのを惜しんだのだ。

彼女は背中を向けていたが、股間もしっかり清めたようである。こちらはペニスのあからさまな匂いばかりか、味まで知られてしまったのに、自分だけさっさと洗うなんてずるいと思った。

多佳子が回れ右をする。成熟したオールヌードと向き合い、慎一は胸の鼓動を大きくした。

（ああ、素敵だ……）

さっきはチラッとしか見られなかった乳房は、手に余りそうなボリューム。綺麗なドーム型を保つ頂上に、薔薇《ばら》色の乳頭がツンと上向いている。

麗《うるわ》しの人妻は、普段から体型の維持に気を配っているらしい。ウエストがすっきりしている。くびれから豊かな腰回りへと続くラインは、芸術的な美しさだ。

濡れて下腹に張りつく秘毛《ひもう》は漆黒で、その真下の、秘められたところも是非見たい。しかし、こちらがしゃがまない限り無理である。

そもそも、彼女は裸体を披露するために、こちらを向いたのではなかった。

「上を向いてちょうだい」

顎《あご》をあげると、首から下にお湯がかけられた。からだを洗ってくれるのだ。

(ああ、気持ちいい)

柔らかな手で肌を撫でられ、うっとりする。

慎一の裸身を濡らすと、多佳子はボディソープを手に取った。今度はヌルヌルとこすられて、いっそう官能的な心地にひたる。徐々に下降する手が牡のシンボルへ近づくことで、快感への期待も高まった。

そこはたっぷりと放精《ほうせい》し、うな垂れていたのである。亀頭も包皮に半分以上隠れていた。

けれど、また気持ちよくしてもらえるという思いが血流を呼び込み、徐々にふくらみだす。シャボンをまといつかせた指でこすられたら、たちどころに復活するであろう。

ところが、しなやかな指がヘソを過ぎたところで、

「じゃあ、次は背中ね」

無情にも、後ろを向かされてしまった。

(え、そんな)

慎一は大いに落胆した。さりとて、股間を洗ってくれと頼むのは気が引ける。仕方なく受け入れたものの、背中を洗われるのも快かったのである。総身をブルッと震わせてしまうほどに。

ただ撫でるのではなく、多佳子は軽く爪を立てて掻いてくれた。しかも、背中全体をくまなく。

寂しい独身男は、背中が痒《かゆ》いときには苦労して手をのばすか、孫の手を使うしかない。こんなふうに掻いてもらうのなんて、いったいいつ以来だろうか。心情的にも満たされるようだった。

そのため、

「脚を開いて」

彼女の指示に、何も考えず従ったのである。

「あああッ」

たまらず声をあげたのは、しなやかな指が尻の谷間に入り込み、アヌスをヌルヌルとこすったからだ。

「ちょ、ちょっと、そこは――」

「ここも綺麗にしなくちゃいけないでしょ」

確かにその通りだが、他人に尻の穴をさわられて平然としていられるほど、慎一は図太くなかった。居たたまれないし、くすぐったくも妙にムズムズして、おかしな気分になりそうだ。

事実、ふくらみかけていたペニスが急速に膨張し、水平近くまで持ちあがったのである。

(うう、そんな……)

肛門を刺激されて勃起するなんて、いくらなんでも恥ずかしすぎる。こんなことがバレたら、優しい人妻に変態だと訝《いぶか》られるのではないか。

もっとも、そうなるのは想定済みだったらしい。

尻の谷から指を抜かれ、ホッとしたのも束の間、今度は後ろから抱きつかれる。肩甲骨の下あたりでふにっとひしゃげたのは、紛れもなくおっぱいだ。

そして、前に回った手が牡のシンボルを捉えた。

「うああ」

さっき、そこもこすってもらいたいと、密かに熱望したのである。願いが叶って嬉しいものの、この体勢は弄《もてあそ》ばれているみたいで気恥ずかしい。

「ふふ、大きくなってる。おしりの穴をいじられて感じたのね」

やはりあれは、愛撫の一環だったのだ。

ゆるゆるとしごかれることで、海綿体が限界まで漲る。反り返って下腹にへばりついた硬肉に、多佳子が「元気ね」と嬉しそうに言った。

「た、多佳子さん」

「もっと気持ちいいことをしたいよね」

誘いの言葉に、分身が小躍りする。フェラチオで精液も飲まれたあとなのだ。もっと気持ちいいことがセックスを指すことぐらい、考えなくてもわかる。

「は、はい」

「じゃあ、続きはベッドで――」

言いかけて、彼女が強ばりを強く握る。

「その前に、ちょっとだけ挿れてちょうだい」

どうやら待ちきれなかったらしい。あるいは、本番の前に味見をしたい心境だったのか。

多佳子はいったん離れると、浴槽の縁に両手を突いた。もっちりした丸みを差し出し、ぷりぷりと揺する。

「オチンチンちょうだい。バックから挿れて」

淫らなおねだりに、慎一は頭がクラクラするようだった。

（いやらしすぎるよ……）

ソープ嬢だって、ここまではしたない振る舞いはしなかったのに。

経験の浅い身ゆえ、普通にベッドの上で年上女性に求められたら、臆したに違いない。だが、この体勢なら挿入するところが見えて、まごつかずに済む。年下の男があまり経験がないと知り、あるいは挿入に慣れさせるため、彼女はわざと破廉恥《はれんち》な体位で求めたのではないか。

人妻の思いやりに触れた気がして、劣情と感激が同時にこみあげる。ケモノのポーズを取った女体の真後ろに進み、慎一は泡のまといついた剛直を前に傾けた。

丸まるとした双丘《そうきゅう》の谷間、縮れ毛が囲む魅惑の苑《その》は、ほころんだ裂け目からスミレ色の花びらがはみ出している。その狭間に肉槍《にくやり》の穂先を割り込ませ、上下にこするとヌルヌルすべった。

しかも、かなり熱い。

（もう濡れてたのか）

多佳子自身、逞しいモノが欲しくなっていたようである。

慎一は滲む蜜を先端にまといつけ、しっかり潤滑してから前に進んだ。膣口《ちつこう》は恥《ち》割《わ》れ内の肛門側にあるのを思い出し、そのあたりを狙って侵入を試みる。

「あ、あ――」

多佳子が声をあげて首を反らす。狭まりを圧し広げる感覚があり、狙いは間違っていないようだ。

程なく、亀頭の裾野部分が、入り口をぬるんと乗り越えた。

「あはぁっ！」

嬌声《きょうせい》が浴室に反響する。臀裂《でんれつ》がキュッとすぼまり、ペニスのくびれが強く締めつけられた。

「ううう」

慎一も歓喜に呻き、尻の筋肉を引き絞る。もっと気持ちよくなりたくて、残りの部分を蜜窟《みっくつ》にずぶずぶと押し込んだ。

下腹と臀《でん》部《ぶ》が密着する。これ以上は無理というところまで進み、ふうとひと息つく。

（入った――）

温かく濡れたものが、分身にまつわりついている。適度な締めつけも快く、深く結ばれた実感がこみあげた。

「あん……オチンチン元気」

悩ましげにつぶやき、多佳子が腰をくねらせる。せっかく挿れたのに抜けそうな気がして、慎一はたわわな丸みを両手で固定した。

「ね、動いて」

言われて、腰を前後に振る。最初は慎重に、小刻みな振れ幅で。

「あ、あ、ああっ」

悦びの声に励まされ、抽送《ちゅうそう》が大胆になる。臀部にぷるんと波が立つほどに下腹をぶつけ、ケモノの体位での交わりに熱中した。

（すごい……おれ、セックスしてるんだ！）

初めてでもないのに、慎一は感動していた。ソープランドでの初体験は、終始リードされていたから、とりあえず女体を知ったという程度だったのである。けれど、今は違う。自ら挿入し、腰も動かしている。コンドームを着けていないから、膣内もダイレクトに味わえた。

ようやく本当のセックスを知ったのだ。慎一は昂《たかぶ》りにまみれて、猛《たけ》るイチモツを出し挿れした。

下を向けば、逆ハート型のヒップの切れ込みに、濡れた肉棒が見え隠れしている。そのすぐ上でなまめかしくすぼまるアヌスは、愛らしいのにいやらしい。性器以上にイケナイところを目にしている気にさせられた。

このまま人妻の中で果てたいと、熱望が高まる。多佳子も「あんあん」と声をあげどおしだし、牡のほとばしりを受け入れるつもりではないのか。

しかし、やはりただのお試しだったようだ。

「も、もういいわ」

彼女が息を荒ぶらせながら停止を求める。まだまだしたかったが、慎一は素直に従った。

「じゃあ、続きはベッドでしましょ」

「はい」

返事をして、腰をそろそろと引く。膣口から亀頭がはずれるなり、強ばりが勢いよく反り返った。

「ふう」

息をついてからだを起こし、多佳子がシャワーヘッドを取る。蜜汁でヌメる牡器官にお湯をかけ、しなやかな指で清めた。

「慎一さんのオチンチン、硬くてとっても気持ちよかったわ」

艶っぽい微笑を浮かべての褒め言葉が、照れくさくも嬉しい。分身も誇らしげに脈打った。

「ベッドでもいっぱい可愛がってね」

無論、慎一はそのつもりだ。

5

夫婦の聖域たる寝室には、ダブルベッドが鎮座していた。

（ここで多佳子さんは、旦那さんと——）

未だ顔も知らない夫との密事を想像しそうになる。

浮気をしているのなら、夫婦の営みはご無沙汰なのだろう。多佳子も満たされていないからこそ、こうして若い男とのアバンチュールを愉しむ気になったのではないか。

ベッドカバーは洗い立てのようで、洗剤の爽やかな香りがした。そこに転がった全裸のふたりは抱き合い、唇を交わす。

「ン——んふ」

「ふは……あ──」

息づかいが交錯し、絡み合う舌がピチャピチャと音を立てる。くちづけはリビングでもしたけれど、柔肌《やわはだ》のぬくみとなめらかさを感じながらだと、いっそう官能的だ。

おかげで、股間の猛りが少しもおさまらない。

慎一は両手でたっぷりした尻肉を揉み、湿った谷間に指を差し入れた。可憐なツボミを探ったのは、浴室でその部分をいじられたお返しのつもりもあった。

「ん──」

多佳子が眉根を寄せ、咎《とが》めるように舌を強く吸う。それにもかまわず、アヌスを指先でこすると、唇をはずして睨んできた。

「ちょっと、どこさわってるの？」

「いや、多佳子さんだって」

「わたしはいいの。年上なんだから」

年長者に肛門をいじる権利があるなんて、聞いたことがない。

「そこじゃなくて、ちゃんとオマンコをさわってちょうだい」

卑猥な単語を口にされ、軽い目眩《めまい》を覚える。気立てのいい人妻がそんなことを言うなんてと、驚くと同時に激しく昂奮した。

リクエストに応じ、手をふたりのあいだへ移動させる。しっとりした恥叢《ちそう》の真下をまさぐれば、指にヌルヌルしたものが絡みついた。

（え、もう？）

浴室を出る前に、彼女は股間をシャワーで洗ったのである。なのに、すでに愛液をこぼしているなんて。かなり濡れやすい体質のようだ。

「くうう」

敏感な尖りを探し当てると、多佳子が呻いて腰を震わせる。息をはずませ、トロンとした目で見つめてきた。

「気持ちいいわ」

舌をもつれさせるように言い、牡の強ばりを握る。

「ああ」

うっとりする快感にひたり、慎一も声を洩らした。

互いの性器をいじり合い、じゃれるみたいにキスを交わす。異性とこんなふうにいちゃつくのは、慎一には初めての経験だった。

（彼女ができたら、いつでもこんなことができるんだな）

できれば敦美としたかったのにと悔やみかけ、急いで面影を振り払う。今は多佳子と一緒にいるのだ。他の女性のことを考えるべきではない。

「おれ、多佳子さんのアソコが見たいです」

思い切ったお願いを口にしたのは、敦美を吹っ切るためでもあった。

「いいわよ」

あっさりと許されたので、人妻から身を剝《は》がす。からだの位置を下げ、開かれた脚のあいだに膝をついた。

「改まってオマンコを見せるのって、けっこう恥ずかしいわね」

照れくさそうにしながらも、多佳子が両膝を抱えてMの字に開く。ヒップが浮きあがり、性器ばかりか秘肛《ひこう》まで視界に入った。

（いやらしすぎるよ）

夫の前でも、ここまで大胆に振る舞うのだろうか。

そのとき、彼女の目が期待するようにきらめいていることに気がつく。ただ見せるためだけにこんなポーズを取ったのではなく、気持ちよくしてほしいのではあるまいか。

もちろん、慎一はそうするつもりだ。

いびつなハート型に開いた花弁の狭間は、濡れ光る粘膜の淵であった。白く濁った粘液が付着しており、アヌスに近い側に窪地がある。さっき、ペニスを挿入した蜜穴なのだ。

顔を寄せると、ぬるい秘臭《ひしゅう》が感じられる。風呂の残り湯にチーズっぽい酸味を加えた、悩ましさの強いパフュームだ。

洗ったあとでもここまでということは、もともと匂いが強いほうなのか。もちろん、不快な印象は微塵もない。むしろ女性らしいかぐわしさに、好感と昂りを抱く。

だからこそ、少しもためらわずに口をつけられたのである。

「あひッ」

湿った苑にキスをし、軽く吸っただけで、多佳子が艶腰《つやごし》をビクンとはずませる。粘膜にこびりついた蜜も舐め取れば、「ああ、ああっ」と嬌声がほとばしった。

「き、気持ちいいっ」

歓迎をあらわにした人妻に、やはりクンニリングスをされたかったのだと納得する。もっと感じさせるべく、フード状の包皮を剝《む》いて秘核《ひかく》を直に攻めると、

「イヤイヤ、あ、あっ」

と、いっそう鋭い声がほとばしった。

（おれ、多佳子さんを感じさせてるんだ）

童貞を卒業したとき以上に、男になれたという思いが胸に満ちる。舌づかいにも熱が入り、敏感な肉芽《にくめ》を丹念に吸いねぶった。

「あ、あ、それいいッ」

耳に届くよがり声にも励まされる。窪地から今にもこぼれそうな蜜を、ぢゅぢゅッと音を立ててすすると、

「くぅうーン」

仔犬みたいに啼《な》くのが愛らしい。中もこすったほうがいいのかなと、指を膣口へと忍ばせれば、狭い内部がキュッとまといついた。

「そ、それ、感じすぎちゃう」

すすり泣き交じりの訴えに、ならばと指を抽送すれば、腰回りのわななきが顕著になった。

「あふっ、ふっ、はあああっ」

切なげに喘ぎ、身をくねらせる三十一歳。成熟した女体は花開き、すべての愛

撫に鋭敏な反応を示した。

膣内の、お腹側の奥に、ヒダがなくてツルツルしたところがあった。そこを強めにこすると、

「あああああっ！」

多佳子が盛大な声を張りあげた。

「ダメダメ、そこは――」

ハッハッと息づかいも荒くなり、弱点なのだと理解する。慎一は発見したポイントを執拗《しつよう》に摩擦し、クリトリスも吸いたてた。

「イヤイヤイヤ、し、しないでぇぇえっ」

人妻が乱れる。抱えていた膝を離し、全身を波打たせた。

慎一は彼女の両脚を肩に担ぎ、からだを折り畳むようにしてから、秘核と蜜穴を攻め続けた。初心者ゆえ、ピストン運動でどこまで感じさせられるかわからないし、交わる前に絶頂させるつもりだった。

「あ、ダメ、イク」

いよいよ頂上が迫ってきたようで、慎一の頭を挟む内腿《うちもも》が痙攣《けいれん》する。抉《えぐ》られる蜜芯《みっしん》が、ぐちゅぐちゅと卑猥な音を立てた。

「イクッ、イクッ、あ、あ、あ、イッちゃうぅぅうう！」

裸身がぎゅんと反り返る。膣もキツくすぼまり、指を強く締めつけた。昇りつめたのだ。

「う、うっ、うう、ふはっ——」

緊張が一気に解けたみたいに、多佳子が脱力する。

「はぁ、はっ、ハァ……」

息づかいが苦しげだ。慎一は彼女の下半身から離れ、ベッドに仰向けで寝かせてあげた。

（おれ、多佳子さんをイカせたんだ）

手足を投げ出し、胸を大きく上下させる人妻を見おろし、感慨に耽《ふけ》る。瞼《まぶた》を閉じた美貌はいっそう妖艶《ようえん》で、汗で濡れたひたいに髪の毛が張りついていた。はしたなく開かれた両脚の付け根に、濡れて赤らんだ秘苑《ひえん》が見える。ちょっとやり過ぎたかなと反省しつつ、淫らな光景に劣情が高まった。

（挿れたい——）

浴室で甘美《かんび》な締めつけを味わった分身が、またそこに入りたいと駄々をこねる。反り返って下腹にへばりつき、鈴割《すずわ》れから透明な粘りを滴らせた。

待ちきれず、慎一は女体に身を重ねた。

強ばりの根元を握り、切っ先を濡れ割れにこすりつける。さっき挿入したとき以上の熱さが、粘膜に染み入るようだ。

「ンぅ」

多佳子が小さく呻く。オルガスムスの余韻が続いているらしく、何をされているのかわかっていない様子である。

断りもなくセックスするなんて、よくないとわかっている。だが、すでに一度しているのであり、続きはベッドでと彼女が言ったのだ。

何より、慎一のほうがしたくてたまらなくなっていた。もはやほんのいっときも待てないほどに。

(ええい、かまわないさ)

亀頭をめり込ませ、入り口を捉えたのがわかると、ひと思いに身を沈ませた。

ぬぬぬぬ――。

剛直が濡れた洞窟を侵略する。

「ひぃいいいッ！」

人妻が背中を浮かせてのけ反り、長く尾を引く悲鳴をほとばしらせた。おまけに、裸体がガクッ、ガクンとエンストしたみたいにはずむ。

「はっ、あっ、あひっ、いいい」

悩乱《のうらん》の声を放ち、多佳子が総身を細かく震わせる。女芯《にょしん》内部もせわしなくすぼまった。

(え、何だ?)

予想もしなかった激しい反応に、慎一はうろたえた。まずいことをしたのだろうかと不安を覚えたとき、彼女が瞼を開く。

「ば、バカ……いきなり挿れないで」

潤んだ目で睨まれて、「すみません」と謝る。すると、

「またイッちゃったじゃない」

多佳子が息をはずませながら言う。オルガスムスのあとで敏感になっていたためか、挿入だけで再び達したらしい。

続けざまの頂上のあとでも、彼女は両脚を掲げ、慎一の腰に絡みつけた。

「ね、動いて。オマンコいっぱい突いて」

あられもなくおねだりをする。イカされて肉体に火が点いたのか。

「わかりました」

慎一はそろそろと腰を引き、同じ速度で中に戻した。慎重に動いたのは、正常位で交わるのが初めてで、慣れていなかったからだ。

「うぅン」

多佳子が焦れったげに呻く。もっと激しく攻められたいのだろう。けれど、慎一があまり経験がないと知っているから、急かすことはなかった。

(ああ、気持ちいい)

スローな抽送でも、快感はこの上ない。柔らかなボディに抱きつき、腰を振ることで、人妻との一体感も味わう。

程なく、ピストン運動のコツが摑める。動きがリズミカルになり、慎一は勢いよく膣奥《ちつおく》を突いた。

「ああっ、か、感じるぅ」

よがり声も耳に心地よく響く。浴室でのバックスタイル以上に、これがセックスなのだという実感を強く抱いた。

「あ、あっ、あん、ンぅぅ」

半開きの唇からこぼれる吐息は、温かくてかぐわしい。顔に当たるそれを嗅ぐことで、全身が火照るようだった。

（可愛いな、多佳子さん）

歓喜に面差しを蕩かせる彼女に、愛しさがふくれあがる。六つも年上なのに、初めて対等になれた気がした。

募る情動のままに、慎一は唇を重ねた。

「ンふぅ」

多佳子が切なげに小鼻をふくらませる。舌を差し入れると、縋るみたいに吸ってくれた。

唇と性器で深く繋がり、全身で快楽にひたる。急角度で上昇する気配を、慎一は懸命に抑え込んだ。もう一度、彼女を絶頂させたかったのだ。

「ん、んっ、んぅう」

重なった唇の隙間から、苦しげな呻きがこぼれる。高まる悦びで呼吸が続かなくなったのか、多佳子は頭を振ってくちづけをほどいた。

「わたし、またイキそう」

蕩けた面差しで伝えられ、慎一はうなずいた。

「おれも、もうすぐです」

「じゃあ、いっしょに——中に出していいからね」

嬉しい許可を与えられ、期待に添うべく蜜穴を抉る。奥まったところがいっそう熱くなり、トロトロした粘りが亀頭にまといついた。

（うう、たまらない）

いよいよ危うくなり、忍耐を振り絞る。先に多佳子をイカせるべく、慎一は奮闘した。

その甲斐あって、人妻が歓喜の極みへと至る。

「あ、ああっ、イクッ、イクッ、イクイクイクぅ」

アクメ声を放ち、総身をガクガクと揺すりあげる。慎一は振り落とされそうになりながらも、限界を迎えた剛直を気ぜわしく出し挿れした。

「ううう、た、多佳子さん」

名前を呼び、絶頂の波に巻かれて意識を飛ばす。目のくらむ愉悦《ゆえつ》を伴って、ペニスの中心を熱い滾りが駆け抜けた。

どくんッ――。

ほとばしったものが体奥に広がったのか、多佳子は裸身を波打たせながらも、悩ましげに眉根を寄せた。

「ああーン」

声を洩らして力尽き、ベッドに沈み込む。胸を大きく上下させる彼女の中で、分身が徐々に萎えるのを感じながら、慎一は気怠《けだる》い余韻にひたった。

「あの、ここってどこなんですか？」

ベッドに並んで仰臥《ぎょうが》し、快楽の余韻にひたっていたとき、慎一はふと気になって訊ねた。

「え、どこって？」

「場所というか、町の名前です。行き先を決めず、適当に車を走らせていたので」

「そうだったわね。ここは○○市よ」

多佳子の返答に、慎一は驚いた。

「え、○○市って東京の？」

「そうだけど」

それは多摩《たま》地区の市であった。かなり遠くまで来たつもりが、まだ都内だったなんて。

（たぶん、ぐるっと回って、戻って来ちゃったんだな）

そうならないよう、北なり西なり、進む方角だけでも決めておくべきだった。もっとも、そのおかげで魅力的な人妻と出会えたのだ。怪我の功名というか、災い転じて福となすだろうか。

(ま、結果オーライだな)

自分を慰めていたとき、スマホの着信音が聞こえた。慎一のものではない。

「誰かしら？」

ベッドのサイドテーブルにあったスマホに、多佳子が手をのばす。画面を見るなり、渋い顔になった。

「あのひとだわ」

そう言って、慎一に画面を見せる。夫からの電話らしく、名前と顔写真が表示されていた。

(え⁉)

慎一は目を疑った。名前はともかく、顔に見覚えがあったのだ。

「静かにしててね」

彼女が電話に出て、夫と言葉を交わす。そのやりとりは、まったく耳に入ってこなかった。

街中で敦美と一緒にいた男。たった今見せられた写真の人物と、そいつは間違いなく同じ人間だ。

（敦美ちゃん、多佳子さんの旦那さんと付き合っていたのか――）

夫が若い子と浮気をしているという、多佳子の証言とも合致する。しかも近所のひとが見たのは日曜日だ。同じふたりを、慎一も目撃したのである。

好きだった女の子が、妻のいる男と不倫していたなんて。単なる失恋以上に大ショックであった。

おまけに自分は、そいつの奥さんと関係を持ったのである。

（おれは敦美ちゃんの彼氏と、穴兄弟になったのかよ）

いったいどういう因果なのか。運命の神様がいるのだとしたら、あまりに意地が悪い。

多佳子が通話を終え、甘えるように寄り添ってくる。

「旦那さん、どうかしたんですか？」

「ああ。どうしてるのかって、いちおう心配してるみたいなことを言ってたわ」

丸っきり興味がないという口振りだ。浮気者の夫など、どうでもいいと思っているようである。

（浮気相手のこと、教えるべきなんだろうか……）

だが、騒ぎになるのは確実だし、多佳子も敦美も傷つくだろう。浮気野郎に鉄《てっ》槌《つい》を下したい気持ちはあっても、彼女たちを混乱に巻き込みたくない。

かと言って、このままでいいはずもないのだが。

「あのひとのことなんてどうでもいいから、ね――」

人妻の手が股間に触れてくる。萎えていた器官を握り、揉むようにしごいた。

「むぅ」

くすぐったい快さに鼻息がこぼれる。そこがふくらむ兆しを見せると、多佳子は腰の脇に坐り、手にしたモノの真上に顔を伏せた。

そこは交わったあと、ティッシュで拭っただけだ。男女の淫液でベタついている。それにもかかまわず口に含み、彼女は舌をねっとり絡めてくれた。

（もう一回したいんだな）

慎一にも異存はない。むしろ、判明した事実から逃れるため、快楽に没頭したい気分だった。

第二章　夜の海と温泉と

1

翌朝、多佳子と別れた慎一は、南下して国道一号線に出た。海沿いの道を走ろうと決めたのだ。

昨晩、人妻との濃厚なひとときを過ごし、慎一は快《こころよ》い疲労にまみれて眠りに就いた。そのまま朝までぐっすりだった。

前夜に三度もほとばしらせたのに、若い肉体はひと晩寝れば力を取り戻す。朝《あさ》勃《だ》ちのペニスは鋼鉄さながらにギンギンだったらしい。

素っ裸で一緒に寝ていた多佳子は、見過ごすことができなかったようだ。年下の男が未だ夢の中だったのもかまわずしゃぶり、断りもなく腰に跨《また》がった。

慎一が目を覚ましたのは、彼女が大胆に腰を振り、喜悦《きえつ》の声をあげている真っ最中であった。さすがに仰天したものの、覆いかぶさってキスをされ、瞬時にその気になった。

かくして、朝っぱらから濃厚な精を噴《ふ》きあげたのである。

シャワーを浴び、朝ご飯をご馳走になって、堀田家をあとにしたのは午前十時近かった。出発前に、夫とのことで進展があったら連絡すると言われたので、携帯番号を交換した。

多佳子は『またね』と手を振ってくれたから、訪ねたらヤラせてくれるのではないか。とは言え、彼女の夫と敦美の関係を考えると、そんなことでいいのかと思わずにいられなかった。

(おれのやったことって、敦美ちゃんといっしょなんだよな……)

もともとの原因は、浮気をした夫にある。しかし、夫婦の危機に乗じて人妻と深い関係に陥《おちい》ったのだ。コトが公になったら、関係者四人が泥沼に巻き込まれるであろう。

(今度敦美ちゃんと会ったら、それとなく注意しよう)

奥さんのいる男と付き合うのは好ましくないと。それで反省し、別れてくれたら、多佳子も夫を赦《ゆる》してすべてが元に戻るのではないか。

そして、自分は敦美と——。

（って、そんなにうまくいくはずがないか）

そもそも、自分はまだ、彼女と付き合いたいのだろうか。裏表のないいい子だと信じていたぶん、不倫の事実を知って大いに落胆した。以前と同じように見るのは困難である。

慎一が悪党であれば、不倫を黙っているから一回ヤラせろと脅迫したに違いない。しかし、そんなことまでして、敦美とセックスがしたいわけではなかった。求めていたのは一時の快楽ではなく、恋人関係だったのだから。

多佳子には世話になったし、出会えてよかったと思う。しかし、甘美《かんび》な一夜も傷心《しょうしん》を癒やしてはくれなかった。むしろ傷口が広がった心地がする。

だからこそ、慎一は海を見たいと思った。大きな存在を目の前にすれば、自らのちっぽけさに気がつき、おおらかな気持ちですべてを受け入れられるのではないかと。

まあ、海を見たいなんて、失恋したときの定番なのであるが。

今回はカーナビを頼りに、一般道をひたすら西へ向かう。国道一号線をずっと走っていたわけではなく、途中、海岸沿いのルートも選んだ。

お昼は近くにあった道の駅に入り、スタミナの付きそうな肉料理を食べた。昨夜から今朝と荒淫《こういん》が続き、精力を充填する必要があったのだ。

午後に入り、静岡県内を走る頃には、余裕を持ってドライブを愉しめるようになっていた。

(今夜はどこに泊まろうかな)

車中泊でもよかったが、旅はまだ始まったばかりだ。まずは気力を蓄え、何があっても対処できるようにしておこう。

などとそれっぽい理由をこしらえつつ、本音はのんびりしたかったのだ。初日から魅力的な人妻と知り合い、いい目にあったことで、求めて苦労することが面倒になったらしい。

宿泊するとなれば、旅の定番は温泉である。

高級な温泉旅館ともなれば、予約なしで泊まるのは難しい。そもそも、そこまで散財するつもりはなかった。

名の知れた温泉街でなくていい。手軽に泊まれる民宿みたいなところはないだろうか。できれば海の近くで。潮騒《しおさい》を聞きながら海の幸に舌鼓《したつづみ》を打つなんて、最高ではないか。

そう簡単に理想的な宿が見つかるはずがないと、わかりつつも車を走らせる。

夕刻に近くなり、東海地方のはずれに差し掛かった。

（そろそろ見つけないとまずいかな）

ここはカーナビに頼るしかあるまい。手頃な範囲で温泉を検索したところ、伊《い》勢湾《せわん》に面した半島の半ばほどに、よさそうなところがあった。願ったとおりに海沿いである。

（ここにしよう）

もうすぐ温泉につかってゆっくりできるのだ。そう考えると気持ちが浮き立ち、アクセルを踏み込みそうになる。

（いやいや、安全運転だぞ）

借りた車で事故を起こしてはならない。慎重に行かねばと気を引き締める。

進行方向に赤々と、大きな夕日が輝いていた。

2

そこはあまり知られていない温泉郷らしかった。宿も数軒あるぐらいで、旅館というよりは民宿の佇まいである。

慎一がここにしようと決めたのは、民宿「谷沢荘《やざわそう》」。幸いにも、予約なしで泊めてもらえることになった。

そこは海を背にした高台に建つ民家を、宿泊施設に転用したという。昔風の大きな日本家屋は部屋数こそあっても、造りは旅館と異なっている。通された二階の部屋も普通の和室だった。

ただ、建物の裏手側の窓を開けると、月光に照らされた夜の海が見えた。

(いい眺めだな)

潮風もかぐわしい。

民宿の裏側はちょっとした庭園になっており、窓のすぐ下が海というわけではない。敷地も前の道路から三メートルほどの高さにあるから、二階の窓で海抜十メートル前後というところではないか。

「お風呂は内風呂もありますけど、そちらは家族も使いますので、外の露天風呂をご利用ください」

案内してくれた奥さんが、にこやかに言う。五十がらみの、いかにもひと好きのしそうな女性であった。

「お食事は、一階の座敷に用意しますので、先にお風呂をどうぞ。外は暗くなってますから、何も見えないと思いますけど」

明るいうちは眺望《ちょうぼう》がなかなかいいらしい。もっと早く来ればよかったと悔やんだが、露天風呂は二十四時間入れるとのことだった。

(だったら、夜が明けたらまた入ろう)

朝日を浴びながら風呂につかるなんて乙ではないか。旅の気分にひたれること請け合いである。

ここの主人は漁師もしているとのことで、夕食は海の幸が期待できそうだ。その前に夜の露天風呂を堪能するべく、備えつけのタオルを手に向かった。

二階の廊下の突き当たりに、非常口を兼ねた出入り口がある。外に出て鉄製の階段を下まで降りると、マットを敷いた簀《す》の子《こ》板と、脇に下足箱があった。一階からも出入りできるそこで下駄に履き替え、露天風呂へ続く小径《こみち》を進む。

民宿の建物と露天風呂は、五十メートルほど離れていた。その間はひとが歩いて踏み固めただけのような登り坂で、両側に低い竹垣が連なっている。坂は緩やかながら周囲が草藪なため、見知らぬ山の中に入り込んだ気分になった。

もっとも、十メートル間隔ぐらいで明かりがあるし、満月にほど近い月も煌々《こうこう》と照らしている。迷う心配はない。

露天風呂は、民宿の屋根と同じぐらいの高さにあった。建物から見えないように配慮してなのだろう。

そのため、立派な屋根のある風呂は、きっちりと隠されていなかった。棚の置かれた脱衣用のスペースのみ三方を囲まれているが、あとは柱と柱のあいだに半透明の波板が渡してあるぐらいである。

海側は波板すらもなく、全開であった。風呂につかったまま眺めを愉しめるようにしているのだろう。

(いい感じの風呂だな)

立地もなかなかだし、見事な岩風呂である。昔ながらの裸電球で照らされており、色彩や影が美しい絵画のよう。

レトロな雰囲気のタイルで飾られた洗い場も趣《おもむき》があった。設備はちゃんとしており、蛇口にはハンドシャワーもついている。

露天風呂はひとつだけで、男女の区別はない。だからと言って混浴ではなく、普段は時間で分けているそうだ。昼間の時間は、宿泊客以外も利用できるようにしているとのこと。

今夜はお客が慎一だけなので、自由に入ってかまわないと言われた。

(こんなにいい風呂を独占できるなんて、なんて贅沢なんだろう)

最高の宿を見つけられたと大満足であった。

脱衣場で素っ裸になり、洗い場のシャワーでざっとからだを流す。わくわくしながら岩風呂に足を入れれば、湯はけっこう熱めだった。

だが、外でつかるぶんにはちょうどいい。身を沈めると、温泉の成分が肌にじわじわと浸透するようであった。

波の音に誘われて目を向ければ、水面に月光が反射し、キラキラと輝く。宇宙の神秘すら感じさせる幻想的な光景に、失恋など小さなことだと思えてきた。

民宿の裏手の海岸は砂浜で、遠浅《とおあさ》だから海水浴もできると聞いた。今はまだその季節ではないが、海流の影響で水温は高いらしい。

心を洗われるような波音と、神秘的な夜の海に耳と目を奪われる。熱い湯に長くつかっていたせいで、気がつけばかなり汗をかいていた。

（このままだとのぼせちゃうな）

いったん出て、夜風で涼んだほうがいいかなと思ったとき、小さな足音が聞こえた。

そちらに目を向ければ、半透明の波板越しに人影らしきものが見える。誰か来たのだろうか。

宿泊客は慎一ひとりである。そうすると、風呂のみを使うお客なのか。それは昼間だけだと聞いていたが、泊まり客が少ないから、夜でも特別に許可したのかもしれない。

そこまで考えたところで、人影が露天風呂に入ってくる。

(え⁉)

慎一は驚愕《きようがく》した。その人物が明らかに女性だったからである。それも、自分と年が変わらぬ感じの。

ジーンズにTシャツというラフな服装で、手にはタオル一枚のみ。いかにも温泉目当てでふらりと立ち寄った様子ながら、民宿のひとは慎一が露天風呂を使うと知っているのだ。女性客を通すわけがない。

(待てよ。今は女性が入る時間帯なのか?)

慎一は二階から外階段を降りた。民宿の奥さんに、そのほうが便利だと言われたからだが、一階の出入り口には男女の使用時間が表示されていたのだとか。

しかし、そうだとすれば合点《がてん》がいかないことがある。

女性がこちらを見る。先客がいて、それが男だとわかったはずだ。本来は女性が使用する時間に男がいたら逃げ出すか、文句を言うところだろう。

ところが、彼女は平然と足を進め、脱衣スペースに入った。岩風呂からまる見えのそこで、ためらいもせず服を脱ぎだしたのである。

これには、慎一はうろたえるばかりであった。

（おい、どういうつもりなんだよ？）

ひょっとしたら、時間で男女を分けているのは建前で、実は混浴ＯＫだというのか。

Ｔシャツが頭から抜かれ、裸の上半身があらわになる。彼女はブラジャーを着けていなかった。

背中を向けているから乳房は見えないものの、セクシーな姿にどぎまぎする。見ちゃいけないとわかりながらも、目を離すことができなかった。

だが、ここでもうひとつの可能性に行き当たる。

（あ、もしかしたら男なのかも）

髪が長いし、いかにも女性らしい顔立ちから、性別を特定したのである。けれど、綺麗な顔立ちの男性もいるし、髪が長ければ女性だと思い込んでも不思議はない。それに、男ならブラジャーは必要ないだろう。

そう考え、胸を撫で下ろしかけた慎一であったが、ジーンズが下ろされたことでまた狼狽《ろうばい》する。ぷりっと丸いヒップに張りつくのは、裾がレースで飾られた純白パンティであった。男物には見えない。

（いや、外見が女っぽいから、そういう下着を好んでいるだけかも）

きっとナルシストの男なのだ。もっとも、そんなやつと風呂に入るなんてぞっとしない。

かなり汗もかいたし、もう上がったほうがよさそうだ。そう思って腰を浮かせかけたとき、白い薄物が臀部《でんぶ》から剝《は》がされる。ボリュームのある双丘《そうきゅう》は、とても男の尻とは思えなかった。

そして、その人物がこちらを向いたことで、ようやくはっきりする。

胸のふくらみはなだらかで、現物を見たことはないが、第二次性徴を迎えた少女ぐらいではなかろうか。わざわざガードする必要がないから、ノーブラだったと思われる。

さらに、バストサイズに合わせたみたいに、股間の繁みも淡かった。綿クズみたいなものがあるのみで、くっきりと刻まれた恥裂《ちれつ》も認められる。

つまり、男ではなく女性なのだ。

彼女はどこも隠さずに洗い場へ進み、しゃがんでかけ湯をする。こちらに向けられたおしりの谷間に、チラッと何かが見えた気がして、慎一はさすがに視線を逸らした。

胸の鼓動が痛いほど高鳴る。若い女性の全裸を目の当たりにしたのだ。冷静でいられるはずがない。たとえ昨晩、人妻と濃厚なひとときを過ごしたあとであっても。

立ちあがった彼女が、真っ直ぐこちらにやって来る。その視線は確実に慎一を捉えており、視力が悪くて見えないふうでもなかった。

だいたい、脱衣スペースには慎一の服が置いてあったのである。先客がいることに気がつかないはずがない。

事実、彼女は岩風呂の端にしゃがむと、足を入れる前に「こんばんは」と挨拶をしたのだ。

「あ、ど、どうも」

顔の火照《ほて》りを覚えつつ頭をさげると、彼女が可笑しそうにクスッと笑う。その笑顔を見るなり、デジャヴに似た感覚に襲われた。

（あれ、このひと、どこかで……）

初対面ではない気がして、誰だったかなと記憶をほじくり返す。すぐには判明

しなかったものの、

「ウチの民宿は気に入った？」

訊《たず》ねられ、ようやくわかった。ここの奥さんに似ているのだ。

「あ、それじゃ、こちらの民宿の——」

「谷沢和世《かずよ》です」

彼女は名前を告げると、風呂に裸身を沈めた。民宿の娘なのだ。水面に白い影が揺らめいていたものの、肌が隠れていくらか落ち着く。

「あの、おれは」

名乗る前に、「吉村さんでしょ」と言われる。宿泊者名簿に名前などを記入したから、それを見たのだろう。

「ていうか吉村君……慎一君でいい？」

呼び方を変えられた上に、言葉遣いも馴れ馴れしくなったものだから面喰らう。

「あ、ええと、はい」

「いいよね。あたしのほうが三つ上だから」

名簿には生年月日を書いたことも思い出す。それで年下だとわかったのか。

（じゃあ、このひとは二十八歳なのか）

同い年ぐらいに見えたのだが、こうして近い距離で向かい合うと、なるほど年上かもと思えた。もっともそれは、顔立ちがどうのというものではない。堂々とした振る舞いが、そんなふうに感じさせたのだ。

「ていうか、どうして露天風呂に来たんですか？」

年下ゆえ、へりくだって訊ねると、和世はきょとんとした顔を見せた。

「どうしてって、お風呂に入るためだけど」

「いや、おれがいるとわかってて、どうして来たのかって話ですよ」

いつも男性客と混浴をしているわけではあるまい。それとも、お客を呼ぶために、わざと裸体を晒《さら》しているというのか。

そんな想像も頭をもたげたが、彼女の返答は単純であった。

「あたしは内風呂より露天のほうが好きで、毎日だいたいこの時間に入ってるの。お客がいたら遠慮するけど、今日は慎一君ひとりだったから、べつにいいかなって。なんたって年下だしね」

年長者ゆえ、何をしても許されると思っているのか。

「それに、慎一君はあたしがハダカになるところ、ガン見してたじゃない。嫌がってなかったし、べつにかまわないでしょ」

痛いところを指摘され、何も言えなくなる。ただ、三つ違いというだけで、コドモみたいに扱われるのは大いに不満だった。

(おれは成人男子なんだぞ)

とは言え、魅惑のヌードに惹かれ、目を離せなかったのは事実である。これも女性経験が少ないためなのだ。

多佳子が性の深淵を覗かせてくれたというのに、未だに情けない男から脱却できていないようである。落ち込んだことで、この場にいるのがつらくなった。それに、このままつかっていたら、湯あたりをしそうである。

「じゃあ、おれはこれで」

慎一はお湯の中で立ちあがった。驚きと混乱が大きかったためか、幸いにも勃《ぼっ》起《き》していない。うな垂れて皮を被ったペニスと、だらしなく伸びた陰嚢《いんのう》を和世に見られてしまったが、そんなことはどうでもよかった。

「あ、ちょっと——」

彼女が声をかけたのもかまわず、岩風呂から出る。洗い場でぬるめのお湯をかぶり、持参したタオルでからだをざっと拭いた。

あとは和世を振り返ることなく、湿ったからだに服を着て、露天風呂をあとにする。ほとんど逃げ出したにも等しかったが、他にどうしようもなかったのだ。

3

夕食は、期待した以上に豪華だった。座敷に置かれたテーブルに、料理の皿がいくつも並べられていたのである。これで一人前なのかと、慎一は目を疑った。

魚介のお造りに加え、焼き物や揚げ物も海の幸が中心だ。地元で穫れた野菜の煮物も、味が染みて美味であった。他におひたしや漬物の小鉢、具だくさんの味噌汁もあり、おひつのご飯も二合分はあったのではないか。

瓶ビールも注文していたから、慎一は飲みながら料理に舌鼓を打った。食べるのに夢中で、広い座敷にひとりでいるのを寂しいと感じることもなかった。

ただ、ふと箸を休めたとき、露天風呂で会った和世を思い出す。

(民宿の娘なら、いきなり裸を見せるんじゃなくて、こういうときに給仕でもしてくれればいいのに)

料理もたくさんあるから、何なら一緒に食べてもいい。そうすれば、楽しい時間が過ごせるのに。

もっとも、彼女にそこまで求めるのは酷なのか。民宿経営者の娘でも、従業員として働いているかどうか定かではない。少なくとも、ホステス的な役割を期待するのは間違っている。

(ていうか、素っ気なくして傷つけちゃったかも)

裸を見せてくれた女性をひとり残し、さっさと立ち去ったのだ。そこまで魅力がないのかと、和世を落ち込ませた可能性がある。

勃起しなかったのは、のぼせかけていたためもあったのだろう。だが、年上女性のオールヌードに、欲情したのは事実である。普通に誘われたら、セックスしていたかもしれない。

とは言え、彼女にそこまでの意志があったかは不明だ。日課だから露天風呂に来たような口振りだったし。

ともあれ、やはりあれは女性に対して失礼な振る舞いだった。

(ごめんなさい……)

胸の内で謝ってから、ひとりの食事を続ける。そのうち罪悪感も薄らぎ、ご飯もおかわりして満腹になった。

かくして、大満足で部屋に戻ったのである。

明日は早起きして露天風呂に入るつもりだったから、慎一は早めに床に就いた。しかし、なかなか寝つかれない。

たっぷり食べた夕食が、まだ消化しきれていないためもあった。それに、早く寝なければと焦れば焦るほど、波の音が気になりだす。露天風呂では心地よく聞こえたのに、いざ眠ろうとするとただの雑音に感じられるから不思議だ。

結局、一時間近くもまんじりともせず時間を過ごした後、慎一は諦めて蒲団《ふとん》から這《は》いだした。

(……散歩でもしてくるか)

歩いて疲れれば眠くなるのではないか。そう考えてズボンを穿き、部屋を出た。

露天風呂に行ったときと同じく、外階段で下に降りる。下駄を履くと、民宿の玄関側に向かった。

いったん前の道路に出てから、民宿のある高台を迂回して海岸に降りる。聞いていたとおり、そこは砂浜だった。

月はまだ高い位置にあり、光が海面にキラキラと反射している。波の音も、蒲団の中では神経に障ったのに、今は穏やかな気分で耳に入れられた。

砂はけっこう硬いようで、下駄履きで歩いても足を取られることはない。ただ、普通の靴よりは歩きづらい。疲れれば眠れると考えていたから、それはむしろ都合がよかった。

波打ち際をゆっくりと歩き、砂浜の端近くまで進んでから引き返す。最初の所に戻ったら、今度は反対側に向かうつもりだった。

（え？）

心臓がバクンと音を立てる。前方に佇む人影に気がついたからだ。

誰もいないはずの、夜の海岸である。幽霊か物《もの》の怪《け》の類《たぐ》いではないかと、かなりビクついた。

しかし、間もなく誰なのか判明する。

（なんだ、和世さんか）

Tシャツにジーンズという、露天風呂で見たときと変わらぬ服装。両手を後ろで組み、こちらの様子を窺っているふうである。

眠れなくて散歩をしているだけであり、何らやましいことはない。けれど、波の音が気になって眠れないなんて、子供じみている気がした。

そんなふうに感じたのは、年下だからと軽くあしらわれたことが、尾を引いていたためだろう。

理由を説明したら、馬鹿にされるのではないか。足取りが重くなったものの、逃げるわけにはいかない。すでに彼女と目が合っているのだ。

どう思われようがかまわないと開き直り、慎一は胸を張って歩いた。

「眠れないの？」

数メートルの距離まで近づいたところで、和世が訊ねる。慎一は「ええ」とうなずいた。

「ひょっとして、おれのあとをつけたんですか？」

つい厭味《いやみ》っぽい質問をしてしまったのは、苛立《いらだ》ちが募っていたためだ。しかし、彼女は少しも気にした様子がない。

「つけたっていうか、階段を降りる足音がしたから、どうしたのかなと思って」

注意したつもりだが、夜間で静かだったし、鉄製だから音が響いたようだ。もっとも、こちらを気にかけていたから感づいたのであろう。

「結局、今もおれを見張ってたわけですね」

この指摘にも、和世は少しも悪びれなかった。

「だって、ウチの民宿に若い子がひとりで泊まるなんて初めてだもの。妙なことでも考えてるんじゃないかって、心配するのは当然でしょ」

「妙なことって？」

「思い詰めて、自殺でもするんじゃないかって」

そこまで危ない人物に思われていたとは意外だった。まあ、若い男がたったひとりで旅をしていれば、よんどころない事情があるのではないかと疑われるのも当然か。

「ウチの敷地内で死なれたら、悪い評判が立っちゃうし」

「そんなことしませんよ」

「だったら、どうしてひとり旅なんかしてるの？」

案の定質問され、慎一は正直に答えることにした。誤魔化《ごまか》しても見透かされるだろうし、すべて知ってもらったほうが気が楽だと思ったのだ。

たとえ、情けないと笑われることになっても。

「失恋したからですよ」

同期の子がずっと好きだったこと、その子が男と仲睦《なかむつ》まじげにしているところを目撃したことなど、すべて告白する。それから、失恋の痛手を癒やすべく、友人に車を借りて旅に出たとも。さすがに初日から人妻とのアバンチュールを愉しんだ件は省いた。

「そうだったの……うん、気持ちはわかるわ」

女々しいと馬鹿にされるのを覚悟していたため、あっさりと共感されて慎一は戸惑った。

「あ――ありがとうございます」

とりあえず礼を述べるなり、瞼《まぶた》の裏が熱くなる。じわりと溢れるものまで感じて、何が起こったのかと狼狽した。

べつに慰められたわけではない。だが、思いがけず優しさに触れ、胸を打たれたようだ。感激で涙腺《るいせん》が緩んだのである。

このままでは、和世の前で涙をこぼしてしまう。さすがにそれはみっともない。さりとて目許を拭ったら、泣きそうだとバレてしまう。

どうしようかと焦る慎一の目の前で、彼女がTシャツに手をかける。無造作にたくしあげ、頭から抜いたものだから、何が起こったのかと固まった。

露天風呂でも目撃した、控え目な盛りあがりの乳房があらわになる。またもブラジャーをしていない。

和世は続けて、女らしい腰回りからジーンズも剝《む》きおろした。股間の淡い繁みが直ちに見えてドキッとする。ノーパンだったわけではなく、下着もまとめて脱いだのだ。

(……このひと、男の前で裸になるのが趣味なのか?)

あり得ないことを考える慎一の前で、一糸まとわぬ姿になった彼女が、楽しげに頰を緩める。母親譲りの人好きのする笑顔に、胸を射貫かれた気がした。

「泳ごっか」

そう言って、波打ち際に向かう。丸いおしりをぷりぷりとはずませながら。躊躇《ちゅうちょ》する様子もなく海に足を入れ、沖に向かって十メートルも進んだところで振り返った。

「いらっしゃい」

手招きをする和世は、腰から下を海にひたしている。遠浅だから、すぐには深くならないようである。

泣きそうになっていた慎一に、この誘いは有り難かった。海に入って顔を洗えば、涙を誤魔化せるからだ。

迷うことなく素っ裸になり、早足で海に入る。聞いていたとおり、水は冷たくなかった。足の裏に当たる砂も柔らかである。

深さが膝を越えたところで、海水をすくって顔を洗う。いきなりヌードを見せられ、驚いて涙も引っ込みかけていたが、塩の味を感じてさらにすっきりした。

あとは安心して、和世のそばまで行く。

「夜の海で泳いだことってある？」

訊ねられ、慎一は首を横に振った。

「いいえ」

「あたしは、けっこうあるわよ。昼間よりも夜の海が好きだから」

そうすると、しょっちゅう家を抜け出し、水着もつけずに夜の海に入っているのか。その疑問を察したみたいに、彼女がクスッと白い歯をこぼす。

「夜なら水着がいらないし、日焼けの心配もないからね」

やはり全裸海水浴の常習犯らしい。

和世の腰から下は海中だが、慎一のほうが背が高く、股間が海面ギリギリである。そこをチラッと見て、彼女は首をかしげた。

「ひょっとして、女のハダカなんて見慣れてるの？」

「え？」

「露天風呂でも、小さなまんまだったし」

ちょっと悔しそうに口許を歪める。自分のヌードに魅力がないためだと思っているようだ。

「やっぱり、おっぱいが大きくないとダメなのね」

簡単に脱いだわりに、ボリュームのないバストがコンプレックスなのか。その部分を見おろし、ため息をついた。

「そ、そんなことないです」

否定したものの、上目づかいで睨まれて言葉を失う。図星だったからではない。拗ねた眼差しが、やけにチャーミングに映ったからだ。

そのせいで、今さらのように海綿体《かいめんたい》へ血液が流れ込む。

「え?」

水面に揺らぐ牡《おす》器官が膨張していることに、和世も気がついたようだ。ちゃぷちゃぷとさざ波を立てるところから、赤く腫《は》れた亀頭《きとう》がUMAさながらに顔を覗かせると、嬉しそうに頬を緩めた。

「ふふ、タッちゃった」

海中から手を出し、細い指を筒肉《つつにく》に巻きつける。

「ううう」

じんわりと染み入るような快さに、慎一は腰を震わせた。分身がいっそう伸びあがり、ビクビクと脈打つのを感じながら。

「わ、すごい」

漲《みなぎ》り具合をダイレクトに受け止め、目を丸くする年上の女。少女のような好奇心と、あどけなさが感じられた。

「和世さんは、民宿で働いているんですか？」

間が持たなくなり、気になっていたことを質問する。

「頼まれたら手伝うぐらいよ。昼間はあたしも仕事をしてるし、民宿も忙しい時期にはひとを雇うから、そんなに関わっているわけじゃないわ」

「仕事っていうと、お勤めですか？」

「まあね。そんなとこ」

曖昧《あいまい》な受け答えからして、正社員でバリバリやっているふうではない。本人の自由な雰囲気からして、派遣かパートではないかと慎一は推察した。実家住まいなら、それでも生活に困ることはあるまい。

すると、和世がふっと表情を曇らせた。

「ＯＬをやってたこともあるけど、職場の人間関係って面倒だからね。今は、そういうのがあまりないところで働いてるの」

やけに実感のこもった口振りだ。

（ひょっとして、職場恋愛のトラブルでもあったのかな？）

失恋の告白に、すぐさま共感したのである。彼女も男女関係で悩みがあったために、ＯＬを辞めたのかもしれない。

さりとて、何があったのか詳細を訊ねるのははばかられる。和世とは、今日会ったばかりなのだ。

もっとも、初対面でどちらも全裸を晒したのである。他人行儀にする必要はないのかもしれない。今だって、慎一は勃起したペニスを握られているのだ。

「まあ、生きていれば、いろいろありますよね」

適当な相槌《あいづち》に、彼女が顔をあげる。濡れた目でじっと見つめられ、息苦しさを覚えた。

「そうね」

掠《かす》れ声で答えた和世が、瞼を閉じる。顎《あご》を上向きにされ、キスを求めているのだとわかった。

急な展開にもかかわらず、慎一はさして迷うことなく唇を重ねた。

月明かりに照らされた美貌が、やけに艶《つや》っぽい。異世界で見知らぬ女とくちづけを交わすみたいな、幻想的な気分にもひたる。いっそ夢を見ているかのよう。

だが、唇の柔らかさと、隙間からこぼれる吐息は、ナマ身の女性の生々しさがある。さっき顔を洗ったせいで、くちづけにもほんのりと塩気があった。

「ンふ」

和世が小鼻をふくらませ、身をしなやかにくねらせる。強ばりをゆるゆるとしごかれて、悦びが広がった。

慎一はなめらかな女体を抱きしめ、唇を情熱的に吸った。彼女もそれに応え、舌を与えてくれる。ねっとりと絡みつかせ、口内を探るように動かした。

ピチャピチャという水音が耳に入る。それが舌の戯《たわむ》れに因るものなのか、それとも屹立《きつりつ》を愛撫されて生じる音なのか、はたまた波音なのか、慎一には判断がつかなかった。

腰に当たる波を感じながらの、抱擁《ほうよう》と接吻《せっぷん》。波間に漂う気分を味わいながら、年上の女性を荒々しく責めたい衝動にも苛まれる。戸外で全裸という無防備な姿が、ケモノの本能を燃えあがらせたというのか。

「ふは──」

和世が唇をほどき、大きく息をつく。悩ましげに眉根を寄せ、屹立のくびれ部分を指の輪で締めつけた。

「オチンチン、ギンギンになっちゃったね」

ふうと息をつき、そろそろと体勢を低くする。海の中に肩までつかったから、からだが冷えたのかと思った。外気よりも、海水のほうが温かだったのだ。

しかし、彼女はそんな理由で屈んだのではなかった。

「大きいわ」

目の高さになった剛直に、うっとりした眼差しを注ぐ。唇から舌をはみ出させて近づき、包皮《ほうひ》の継ぎ目あたりをチロッと舐めた。

「ううう」

ほんの軽いふれあいだったのに、電気が走ったみたいに感じてしまう。イチモツも、もっとしてとせがむみたいにしゃくりあげた。

無言のリクエストに応じるように、和世が口を開く。ふくらみきった牡の頭部を口に入れ、チュパッと吸いたてた。

「あ、あっ」

より強烈な快美《かいび》が生じて、膝が笑う。慎一は喘ぎ、懸命に足を踏ん張った。

「ん……ンふ」

舌が敏感な粘膜を這い回る。こぼれる鼻息が、濡れた陰毛《いんもう》にかかった。

熱心な奉仕に、慎一は空を見あげて息を荒ぶらせた。

（うう、気持ちいい）

付け根部分が水面に接しているため、和世は深く咥《くわ》えていない。亀頭をしゃぶり、筒肉を指の輪でこすっていた。

お月様が見ている下で淫《みだ》らな奉仕をされるのは、どこか背徳的である。おかげで背すじがゾクゾクして、早々に爆発しそうだ。波でからだが揺らされて、快楽に漂う気分にもひたる。

けれど、頂上に至る前に、和世が口をはずしてしまった。

「しょっぱいわ」

ストレートな感想。海水で濡れたあとだから、塩気があるのは当然だ。

「あの、おれ――」

もっと深く交わりたくなって声をかける。海の中でセックスをするなんて、今後も機会があるとは思えなかった。

こちらを見あげた年上の女が、淫蕩《いんとう》に頬を緩める。何を求めているのか察したらしい。

「なに、エッチしたいの？」

手にした屹立を、咎《とが》めるように強く握る。

「うう、は、はい」

ガクガクとうなずくと、彼女は眉をひそめた。

「ひょっとして、ここで？」

「はい。駄目でしょうか」

「海でするのはちょっとね。アソコに砂が入っちゃうし、海水が沁《し》みるとけっこう痛いし」

実感のこもった口振りからして、経験があるのだろうか。ともあれ、結ばれることそのものには同意してくれたようだ。

だったら部屋に戻ってと提案する前に、和世が立ちあがる。なめらかな肌を、海水が雫になって伝った。

「それじゃあ、いいところに行きましょ」

「え？」

目を細め、意味ありげな笑みを浮かべる。濡れた唇も色っぽく、もう一度抱きしめてキスしたくなった。

4

ふたりは服を拾いあげ、素っ裸のまま民宿の裏手側に向かった。

(誰かに見られたらまずいんじゃないか)

慎一は不安だったが、和世は気にしていない様子である。自分だけ服を着るわけにはいかない。

高台の真下に、海岸から上へあがる小径があった。入り口部分に柱が立ち、枝《し》折《お》り戸《ど》で塞がれている。立入禁止の表示もあるから、ここからが民宿の土地になるのだろう。

「ちょっと急だから気をつけて」

和世に言われてうなずく。土手を削って踏み固めただけの登り坂で、こちらは照明も竹垣もない。月明かりがなかったら、道を踏みはずしたかもしれない。

ただ、潮風がまともに当たるためか草は少なく、裸でも支障はなかった。

高台の土手をぐるりと回るようにして、上に到着する。そこにあったのは露天風呂だった。海岸から直に来られるようになっていたのである。

「泳いだあとでシャワーを浴びて、お風呂にも入ればさっぱりするでしょ」

海水浴をするお客のために、露天風呂まであがる通路をこしらえたという。そうすれば、砂だらけ潮まみれで玄関から入られることはない。民宿にとっても都合がよかったそうだ。

慎一も和世と一緒にシャワーを浴び、砂と海水を落としてから露天風呂につかった。

「ふう」

ひと息つくと、彼女がクスクスと笑う。何かおかしかっただろうかと、顔が熱く火照った。

「ねえ、そこに腰掛けて」

言われて立ちあがり、岩風呂の縁に尻をおろす。平らになった石の上に。

和世が前に進み、「脚を開いて」と指示する。その時点で何をされるのか、慎一は察した。

言われたとおりにすると、秘茎《ひけい》を握られる。ここへ来るまでのあいだに萎えていたモノが、柔らかな手の刺激でたちまちふくらんだ。

「元気ね」

　彼女が目を細めたときには、赤く腫れた頭部が手筒からにょっきりとはみ出していた。海の中でもすでに見られているが、改まって観察されるのは妙に恥ずかしい。

「和世さん……」

　間が持たずに声をかけると、彼女が上目づかいでこちらをチラッと見る。何も答えず、手にした牡の漲りを口に含んだ。

「ううう」

　舌をねっとりと絡みつけられ、腰がわななく。温泉につかっているからか、さっきよりも口内が温かい。

　そして、しゃぶり方もより大胆だった。

「んッ、ん――」

　頭を上下させ、すぼめた唇で肉棹《にくざお》をこする。口許からぢゅぷッと音が洩れるほどの激しい吸茎《きゅうけい》だ。しかも、根元近くまで深く咥え込んでくれる。

「むはっ」

　たまらず息の固まりを吐き出したのは、しなやかな指が陰嚢にも触れたからである。垂れさがっていたものを優しくさすり、揉み転がす。いかにも男の扱いに慣れているふうだ。

(付き合っていた男にも、これをしてあげたんだろうな)

実家の民宿にも呼んで、同じように海の中や、露天風呂でも快感を与えたのだとか。和世の過去をあれこれ想像しつつ、慎一はぐんぐん上昇した。

(このまま出させるつもりなのか？)

射精したかったのは間違いない。だが、唇を交わした以外、さっきから一方的に弄《もてあそ》ばれるばかりである。いくら年下でも、男としてだらしない気がした。

それに、彼女の秘められた佇まいも確かめてみたい。

「こ、今度はおれがしますから」

快感に震える声で告げ、肩をぽんぽんと叩く。舌の動きが止まり、ひと呼吸置いて和世が顔をあげた。

「何をしてくれるの？」

ストレートな問いかけをされ、言葉に詰まる。具体的な行為までは考えていなかったのだ。

「――おれも、和世さんのアソコを舐めます」

されていることのお返しを咄嗟《とっさ》に申し出ると、彼女が眉をひそめる。あ、まずかったかなと思えば、すぐに立ちあがった。

「じゃあ、そっちに寝て」

指示されて、岩風呂の外で仰向けになってから、

(あれ？　おれが舐めるって言ったのに)

話が通じていなかったのかと首をかしげる。すると、和世が膝立ちで胸を跨いできた。

しかも、くりんと丸いおしりを向けて。

「いっしょにしましょ」

その言葉で、シックスナインをするのだとわかった。

顔の真上に丸みが差し出される。上から電球で照らされているため、肝腎《かんじん》なところは影になってよく見えない。目を凝らしたところ、予告もなくヒップが落下してきた。

「むぅ」

柔らかな重みが顔にのしかかる。ぷりぷりしたお肉の感触もたまらない。何より、口許に女芯《にょしん》がまともに当たっている。

（和世さんのアソコが）

温泉の匂いがする秘苑《ひえん》に劣情が高まる。彼女が再び牡根《おすこん》を咥えたのをきっかけに、慎一も舌を出した。

トロリ――。

軽く舐めただけで、恥裂から粘っこいものがこぼれる。冷静に見えて、実は昂《たかぶ》っていたようだ。

ほんのり塩気のあるジュースをすすり、粘膜に舌を這わせる。敏感な肉芽《にくめ》を探り当ててねぶると、

「ンぅ」

和世が呻《うめ》き、腰をくねらせる。初めて示した色っぽい反応に煽られ、慎一は貪欲に秘《ひ》め園《ぞの》を味わった。

目に入るのは、ほんのり色素が沈着した谷底の可憐なツボミ。排泄口《はいせつこう》であるそこがヒクヒクと収縮する様は、やけにエロチックだ。

おかげでクンニリングスにも熱が入る。ピチャピチャと音が立つほどに舌を律《りつ》動《どう》させると、彼女の鼻息が荒くなった。陰嚢に吹きかかるからわかるのだ。

慎一のほうも、かなりのところまで高まっていた。和世の舌づかいが覚束《おぼつか》なく

なっていたとは言え、タマ揉みもされていたのである。

(先に和世さんをイカせなくっちゃ)

頑張らねばと発奮し、クリトリスを吸いたてる。顔の上で、尻肉がビクッ、ビクッとわななないた。

「ふはっ――」

息が続かなくなったか、和世が屹立を吐き出す。唾液で濡れたモノに両手でしがみつき、裸の下半身を震わせた。

「だ、ダメ……そんなにしたら」

いよいよなのだと悟り、慎一はいっそう強く秘核《ひかく》を吸った。逃げられないよう、臀部をがっちりと抱え込んで。

「ああ、あ、ダメダメダメぇ」

焦った声をあげる年上の女は、抗《あらが》うように肉根をしごいた。反撃を試みたというより、無意識にそうしたのではないか。

(うう、まずい)

果てそうになりつつも口撃を継続させると、女体が歓喜に波打つ。

「あ、イク、イッちゃう」

絶頂を予告され、気が緩んだのかもしれない。まずいと思ったときには、全身に甘い痺《しび》れが行き渡った。

「むふぅうう」

熱い鼻息を吹きこぼし、射精する。「キャッ」と悲鳴が聞こえたから、ほとばしったザーメンが彼女の顔にかかったのか。

「あ、あああ、イク、くぅううううっ!」

和世が嬌声《きょうせい》を放ち、艶腰《つやごし》をはずませる。オルガスムスに翻弄《ほんろう》され、おしりを摑んでいた手が緩んだのだ。

慎一は蕩《とろ》けるような歓喜に漂いながら、白濁汁をドクドクと溢れさせた。

(気持ちいい……)

温められたバターみたいに、肉体が溶けて流れる心地がする。

間もなく、重なった裸体が力尽きる。互いの陰部に顔を埋め、ふたりは荒い呼吸を繰り返した。

5

気怠《けだる》さを覚えつつ温泉に身をひたしていると、和世が何か持ってきた。

「一杯やりましょうか」

手にした木製のお盆には、銚子《ちょうし》と盃《さかずき》が載っている。

「どこにあったんですか？」

民宿まで戻った様子がなかったものだから、慎一は驚いた。そもそも、ずっと裸のままなのである。

「そっちの裏にクーラーボックスが置いてあるの。見つからないようにして」

彼女が脱衣場を指差す。誰も裏側まではチェックしないだろうし、何かあったとしても気にしないのではないか。

「そこにお酒を入れてるんですか？」

「お銚子とかもね。たまにここで、月見酒を愉しんでいるの」

お客へのサービスではなく、自分のために用意しているとは。

「ご両親に見つからないように隠してるんですか？」

嫁入り前の娘が、夜中に露天風呂で酒を飲んでいるとわかったら、さすがにいい顔はしまい。素っ裸の海水浴よりはマシかもしれないが。

「それもあるけど、その度に持ち出すのは面倒じゃない。父さんや母さんに見つかるかもしれないし」

いちおう親の目を気にしているようである。

お盆をお湯の上に浮かせ、和世がお銚子を傾ける。ふたつの盃が香り高い酒で満たされた。

「さ、どうぞ」

「いただきます」

口をつけると、芳醇《ほうじゅん》な液体がすっと流れ込む。普段、日本酒はあまり飲まないのに、普通に旨いと感じた。

「ひょっとして、地元の銘酒なんですか?」

かなりいいお酒ではないのかと思えば、和世は「知らないわ」と答えた。

「酒屋で適当に選んだだけで、名前も憶えていないもの。ただ、純米酒なのは間違いないわ。あたし、混ぜ物があると頭が痛くなるの」

「そうなんですか」

「それから、吟醸酒《ぎんじょうしゅ》も味が綺麗すぎて苦手。もっと大雑把で、いかにもお米ってお酒が好みなの」

そこまで言うのだから、日本酒をけっこう飲み慣れているのではないか。

「おれは、日本酒ってそんなに飲まないんですけど、これは美味しいです」

率直な感想を述べると、和世が頬を緩める。

「気に入ってもらえたのなら嬉しいわ」

温泉につかって酒を飲むというシチュエーションもあるのか、笑顔がやけに色っぽい。

（……おれ、和世さんのアソコを舐めたんだよな）

そのことも思い出してソワソワする。落ち着くために、視線を海の方に向けた。

「いい眺めですね」

「そうね」

あっさりした返答は、すでに飽きるほど見ているからだろう。

「和世さんは、ずっとご実家に住んでいるんですか？」

彼女のほうを見ずに質問すると、少し間を置いて、

「大学は東京だったわ。それから就職も」

意外な答えが返ってきた。

「え、そうだったんですか？」

振り返ると、和世も海を見ていた。

「いろいろあって会社を辞めて、こっちに戻ってきたの。都落《みやこお》ちってわけ」

海岸での話からして、人間関係のゴタゴタが原因で退職したようである。もしかしたら恋愛絡みかもしれない。

「じゃあ、おれと同じで——」

事情に踏み込もうとすると、

「言っとくけど、慎一君みたいに失恋したわけじゃないから」

ぴしゃりと否定されてしまった。

「でも、付き合っていた男はいたんですよね」

「当たり前じゃない。あたし、けっこうモテるんだから」

そんな台詞が少しもひけらかしに聞こえないのは、過去の痛みを抱えているためではないか。どこか無理をしている感じもあった。

ただ、モテるのは事実だろう。慎一自身、最初は摑み所がないという印象を持ったはずが、今や彼女に惹かれていた。

「ええ。そう思います」

素直に認めると、和世が驚いた顔を見せる。酔ったわけでもないのに、頰を赤く染めた。

「バカ。冗談に決まってるでしょ」

年下の男に賛同され、照れくさくなったらしい。

(けっこう可愛いところがあるんだな)

マイペースすぎる振る舞いも、実は照れ屋なのを誤魔化すためだとか。そのあたり、もっと突っ込んでみたかったものの、懸命に顔をしかめているものだから可哀想になった。

そこで、それとなく話題を変える。

「ここで飲むときって、酒の肴《さかな》は用意しないんですか?」

「え? ああ……片付けるのが面倒だし、お風呂を汚してもまずいから飲むだけよ。たまに塩を舐めることはあるけど」

また風流な飲み方である。高校のときに習った古文に、そんなくだりがなかっただろうか。

(あれは塩じゃなくて味噌だったかな)

テキーラを飲むときにも塩を舐めるそうだが、意味合いが異なる。たしか酒の甘みを感じるためで、つまみ代わりではない。

「何か食べたいの?」

「そういうわけじゃないですけど」

すると、和世がいいことを思いついたという顔をする。

「だったら、あれはどうかしら。ワカメ酒」

「え、ワカメがあるんですか？」

「そうじゃなくて」

彼女は立ちあがると、岩風呂の縁に腰掛けた。さっきの慎一みたいに脚を開かず、ぴったりと閉じているところが違う。

「お銚子貸して」

「あ、はい。盃は？」

「いらないわ。ここにあるから」

和世が指差したのは、太腿《ふともも》と下腹が囲む、股間の三角地帯であった。

「ここにお酒を注いで飲むのよ」

その説明で、慎一は理解した。陰毛を海藻に見立てるのだと。昔のお座敷遊びとかでやっていそうな、猥雑《わいざつ》なおふざけである。

「知らなかった、ワカメ酒？」

「はい」

「まあ、あたしも本で読んだことがあるぐらいなんだけど。試してみる?」

「はい、是非」

「それじゃ――」

和世が銚子を傾け、日本酒を股間に注ぐ。隙間からこぼれそうになったのか、太腿の筋肉がキュッと強ばった。

透明な液体に秘毛《ひもう》が揺らめく。なるほど、海藻に見えなくもない。

「あたし、毛が薄いから、ワカメ酒っていうよりモズク酒かも」

自虐的なことを言い、彼女は銚子を脇に置いた。両手を後ろについて、上半身を反らす。

「さ、どうぞ。下から洩れちゃいそうだから、早く」

急かされて、急いで液溜まりに口をつける。ぢゅッぢゅッと音を立ててワカメ酒をすすった。

「やん」

色っぽい声が聞こえ、また太腿が強ばる。

最後の雫まで逃さぬよう、慎一は舌をのばして奥まで探った。それでも、盃一杯ぶんもなかったようである。

「もう全部飲んだんじゃないの？」

和世がもどかしげに腰を揺する。もうしばらく股間に顔を埋めていたかったが、やむなく顔をあげた。

「夢中で吸ってたじゃない。美味しかった？」

咎めるような問いかけに、慎一は「はい」と答えた。

「普通に盃で飲むのより、ずっと美味しかったです」

「そんなわけないでしょ、バカ」

顔をしかめた年上の女は、落ち着かない様子である。ワカメ酒なんて品のないアソビをしたことで、淫らな気分になっているのだろうか。

「どうかしたんですか？」

訊ねると、和世がハッとして身を堅くする。

「ど、どうかって？」

「いえ、何だか様子がヘンだなって」

「そんなことないわよ。お酒がアソコのほうに垂れて、ちょっと沁みてるだけ」

それだけではないような気がしたが、ここは本人の言い分を尊重しておく。

「じゃあ、脚を開いてください」

「え、どうして？」

「おれが舐めて、綺麗にしますから」

彼女は一瞬、戸惑いを浮かべたものの、

「だったらお願いするわ」

そう言って膝を大きく離した。

本当に酒が沁みていたのか。あるいはからだが疼《うず》いたため、快感が欲しかったのか。どちらにせよ、クンニリングスをしてもらいたいのは確からしい。

その部分に顔を寄せると、なるほど、日本酒の香りがした。さっき沁みたのではなく、脚を開いたせいで陰毛から滴ったのかもしれない。

慎一は秘苑に口をつけると、慈《いつく》しむように舌を使った。愛撫ではなく、あくまでもこびりついたものを舐め取るつもりで。

「きゃふっ」

和世が声を洩らし、岩の上でヒップをくねらせた。

日本酒が混じったためか、シックスナインでねぶったときよりも愛液は芳醇だった。嬉々としてすすり、敏感な粘膜を刺激して、さらなる湧出《ゆうしゅっ》を促す。

「も、もういいでしょ」

酒が沁みたせいだと言った手前、彼女は中止を求めたのだろう。女体は明らかに快感をほしがっている様子だ。

慎一が素直に舌をはずしたのは、別のアソビを思いついたからである。

「じゃあ、今度は月見酒をやってもいいですか」

「え？　それならとっくに——」

「そっちで俯せになってください」

和世は首をかしげつつ、岩風呂の外に裸身を横たえた。からだの前面を床につけて。

このポーズだと、色白の丸いおしりがいっそうなまめかしい。まさに満月という眺め。

「脚をぴったり閉じてくださいね」

言われて、彼女もこちらの意図を理解したようだ。臀部と太腿の境界部分、菱形の窪地を盃にするのだと。

「和世さんのおしり、お月様みたいで綺麗です」

「バカね。だけど、すぐにこぼれるんじゃない？」

「とりあえずやってみます」

「あ、ちょっと待って」

太腿と臀部の筋肉が強ばり、双丘に浅いへこみができる。股間をしっかり閉じたようだ。

「いいわよ」

「それじゃ、注ぎます」

慎一は手にしたお銚子から、香り高い液体をちょろちょろと垂らした。おしりの割れ目に沿って、窪地へ流れるように。

「あ、あ、こぼれる」

和世が焦りをあらわにする。俯せだと、股間の隙間を完全になくすのは難しいらしい。見えないから、どこに力を入れればいいのかもわからないのだろう。

慎一はお銚子を手にしたまま、浅い液溜まりに口をつけた。さっきのようにすすり、舌で合わせ目をチロチロと舐める。

「いやぁ、く、くすぐったい」

柔肌《やわはだ》がピクピクと震えるのもかまわず、また酒を垂らす。今度は尻の割れ目を執拗《しつよう》に辿った。

「くぅうう、も、もう無理」

いよいよ耐えきれなくなったか、和世がヒップを掲げる。慎一はお銚子を横に置くと、手を添えて腰を持ちあげさせた。彼女に四つん這いのポーズを取らせ、

「また舐めますよ」

今度は後ろから、恥芯《ちしん》にくちづける。舌を裂け目に差し込むと、和世は仔犬みたいに「くぅーン」と啼《な》いた。

アルコール風味の愛液を舐め取り、舌を会陰《えいん》側に移動させる。もう一箇所、味わいたい場所があったのだ。

「ひッ」

息を吸い込むみたいな声をあげ、彼女が身を強ばらせる。慎一がアヌスを舐めたからだ。

「ば、バカ、そこは」

「こっちにもお酒がついてますから」

表向きの理由を口にして、放射状のシワを丹念にねぶる。

シックスナインのとき、そこが愛らしく収縮する様を目にして、ちょっかいを出したくなったのだ。けれど、ヘンタイだと罵《ののし》られる気がして諦めたのである。

だが、今は堂々と舐められる。

「あうう、く、くすぐったいってばぁ」

膝から下をジタバタさせる年上の女は、イタズラされる秘肛《ひこう》もせわしなくすぼめる。抗う声が色めいており、くすぐったいばかりではなさそうだ。

（けっこう感じてるみたいだぞ）

慎一も、人妻の多佳子にバスルームで肛門を清められたとき、あやしい気分にひたった。そのせいでペニスも膨張したのである。

和世も「ダメダメ」と拒む言葉を口にしつつ、逃げようとしない。それどころか、もっとしてと言わんばかりに、臀部を慎一の顔に押しつける動作を示した。

（やっぱり気持ちいいんだな）

もっと感じさせるべく、敏感なポイントを指でさぐる。ふくらんでフードを剝いたクリトリスを、ヌルヌルとこすった。

「イヤイヤ、そ、そこぉ」

嬌声が露天風呂の天井に反響する。もしも彼女の両親が起きていたら、聞こえるのではないかと心配になった。

（ま、民宿とは離れているし、だいじょうぶか）

それに、慎一は波の音が気になって眠れなかったのだ。よがり声も波にかき消されるであろう。

「ね、ね、指挿《い》れて」

和世も悦びを享受する心づもりになったらしい。年下の男に、破廉恥《はれんち》な指示を出す。

慎一はいったん口をはずすと、唾液とラブジュースで濡れた芯部に指を添えた。恥割《ちわ》れをこすり、しっかりと潤滑する。

（ここだな）

アヌスに近い側に指先をめり込ませ、窪地を捉える。傷つけないよう、慎重に内側へ侵入した。

「ああ、あ、ううう」

彼女は切なげに呻きつつも、男の指をキュウキュウと締めつけた。

（けっこうキツいな）

おまけに、ヒダが無数にあるようだ。ペニスを挿れたら、かなり気持ちいいのではないか。

そんなことを考えたために、無意識に指を前後させてしまう。

「ああッ！」

ひときわ大きな声が放たれる。秘核を刺激される以上に、膣内が感じるらしい。

多佳子にしたときのことを思い出し、指の腹を下に向けると、恥丘《ちきゅう》側をこすってみる。「うーうー」と切なげに唸《うな》っていた和世が、ある場所で「キャッ」と悲鳴をあげた。

「そ、そこ、もっとぉ」

彼女の快感ポイントは、人妻よりも浅いところにあった。但し、反応はそれほど派手ではない。

「あ、あ、あ、うう」

切れ切れに喘ぎをこぼし、腰をビクッ、ビクッとわななかせる。からだの深いところで感じているふうだ。

ならばと、指で蜜穴を摩擦しながら、後ろの穴にも舌を這わせる。

「ひいいッ」

鋭い嬌声がほとばしり、膣口《ちつこう》が強く締まった。前後同時の刺激が、快感を高めたようである。

そのまま続けると、和世は「ああっ、ああっ」と母音を響かせた。

「イヤッ、それ……感じすぎちゃう」

息づかいを荒ぶらせ、腕に顔を伏せる。ヒップがいっそう上向いて、慎一は愛撫しやすくなった。

(よし、このまま――)

彼女を絶頂へ至らしめるべく、指と舌を同調させる。

「イヤイヤ、ダメダメっ」

悩乱《のうらん》の声をあげた和世であったが、不意に身を翻《ひるがえ》した。

(え?)

目の前にあったおしりが消えて、きょとんとする。白い濁りがまといついた指が、外気に触れてひんやりした。

「もう……やり過ぎよ」

床に転がった和世が、涙目でこちらを見あげる。頬がリンゴみたいに赤い。

「あ、すみません」

いちおう謝ったものの、慎一は納得いかなかった。そもそも指を挿れてほしいとせがんだのは彼女なのだ。かなり感じていたし、間違いなくオルガスムスに至ったはずなのに。

(おしりの穴がまずかったのかな)

アナル舐めで絶頂するのは恥ずかしすぎると、中止させたのかもしれない。

「ここに寝て。仰向けで」

和世に言われて、慎一は床に身を横たえた。彼女は言うとおりにしてくれたのであり、こちらも従うのがスジだろう。

「もうタッてたのね」

筋張って反り返るペニスに、好奇の眼差しが注がれる。慎一も気づかないうちに再勃起していたのである。

「おしりの穴を舐めて昂奮したんでしょ。ヘンタイ」

なじられて、否定したかったものの、違うとは言い切れない。秘肛の愛らしさにときめいたのは事実なのだ。

「あうう」

分身を握られ、たまらず呻く。うっとりする快さが全身に広がった。

「すごく硬いわ。さっき、いっぱい出したのに」

悩ましげに眉根を寄せ、和世が右手を上下させる。最大限に膨張したのを確認してから、真上に顔を伏せた。

「あ、ああっ、うう」

悦びが高まる。舌がくるくると回って、紅潮した亀頭をねぶったのだ。粘膜が温かく濡らされると頭が下がり、屹立が徐々に呑み込まれた。

陰嚢も揉まれる。中のタマを巧みに転がされ、慎一は幾度も尻をすぼめた。

「か、和世さん、おれも――」

お返しをしたくて手をのばしたものの、彼女は肉棒を咥えたまま首を横に振った。シックスナインをするつもりはないらしい。

そして、フェラチオも長く続けなかった。

「ふう」

顔をあげ、ひと息つく。唾にまみれた肉棒をしごき、小さくうなずいた。

「エッチしちゃうよ」

そう言って、慎一の腰を跨ぐ。騎乗位で繋がるつもりなのだ。

当然、最後までするものと思っていた。海岸で求めたときも和世は拒まず、場所を変えたのだから。

それでいて、いざそのときを迎えると、いいのだろうかとためらいを覚える。

(おれ、何のために旅をしてるんだろう)

初日から二日続けて、年上女性と甘美な時間を過ごしている。これまで恵まれていなかったぶん、女運が増したと素直に喜べるほど、慎一は能天気ではなかった。

むしろこれは、失恋を他の女性で紛らわせているようなものだ。傷ついたのもフリをしていただけで、敦美への恋心も本物ではなかったように思える。

（……いや、そんなことはない。おれは本気で敦美ちゃんが好きだったんだ）

だったら、知り合ったばかりの異性と肉体を繋げるなんて間違っている。やめるべきだと理性が訴えても、もはや自分の意志だけで終わらせられる状況ではなかった。

「すごいわ。さっきよりも硬いみたい」

和世の面差しには、期待の色が浮かんでいる。早く気持ちよくなりたいと、くねる腰が訴えていた。

（これは一宿一飯《いっしゅくいっぱん》の恩義なんだ）

泊めてくれた多佳子に奉仕したのと同じく、和世にも肉体でお礼するべきである。そう結論づけた慎一は、民宿はタダで泊まるわけではないことなど、都合よく忘れていた。

屹立を女体の底部にこすりつけ、切っ先に愛液をなじませる年上の女。ヌルヌルとすべる感じからして、ちょっと体重をかけるだけで、やすやすと結合が果たせるであろう。

(和世さんのアソコに、チンポが入るんだ)

指で確認した、魅惑の柔穴《やわあな》。温かく濡れたところに早く入りたい、締めつけられたいと熱望がこみあげる。

「挿れるね」

わずかに表情を堅くして、和世が体重をかけてくる。狭まりが少しずつ開き、亀頭の裾野をぬるんと乗り越えた。

「あふっ」

首を反らして喘いだ彼女が、力尽きたみたいに坐《すわ》り込む。予想したとおり、残り部分は難なく女体に入り込んだ。

「おお」

慎一ものけ反って声を洩らす。腰にのしかかる重みと、分身にまといつく柔らかな締めつけが、心地よい充足感をもたらした。

(ああ、本当に入った)

ひとつになれた感激に胸を震わせ、無意識に腰を突きあげる。より深く結ばれたいという願望がそうさせたようだ。

しかし、ペニスはすでに根元まで蜜穴に侵入していたのである。

「はあ」

和世が息を吐き、上半身をブルッと震わせる。

「久しぶりだわ……」

そのつぶやきを、慎一は聞き逃さなかった。

「和世さん、彼氏は？」

今はいないにしても、自らモテると豪語したぐらいである。何人も取っ替え引っ替えしても不思議ではない。

「いないわよ。こっちに帰ってからずっと」

「え、いつ戻られたんですか？」

「三年前かしら」

つまり、東京であれこれあって帰郷したあと、三年も独りだったのだ。

失恋したわけではないと、彼女は言った。だが、男絡みで傷ついたのは間違いなさそうだ。そのせいで懲《こ》りて、恋愛から遠ざかったのではないか。

そういう過去があるからこそ、慎一の傷心旅行に共感してくれたのだろう。

「こっちで彼氏じゃない男とエッチしたことはあったけど、虚《むな》しいからやめちゃった」

「じゃあ、おれとのこれも？」

問いかけに、和世がはにかんだ笑みをこぼす。

「全然虚しくないわ。慎一君の硬いオチンチン、こんなに気持ちいいんだもん」

彼女は前屈みになって両手を突き、ヒップを上下に振り立てた。

「あ、ああっ」

ぷちぷちしたヒダが筒肉をこすり、慎一は堪《こら》えようもなく声を出した。予想した以上の、蕩けるような快感を味わったのだ。

「気持ちいいの？」

「は、はい」

「あたしもよ。こんなに気持ちいいエッチって、ずっとしてなかったもの」

陶酔の面持ちを見せられ、嬉しくなる。お返しをするべく、慎一は腰を勢いよく突きあげた。

「きゃンっ」

和世が愛らしい声で啼き、取り繕うように睨んでくる。

「もう、おとなしくしてなさい」

美貌が間近に迫る。焦点が合わなくなりそうなところで、彼女が目を閉じた。続いて、唇を奪われる。

慎一のほうは目を開けたまま、年上女性とのくちづけを甘受した。海の中で交わした以上の、濃厚な戯れ。舌を深く絡め、ニュルニュルと動かしあう。

日本酒の風味が残る唾液も、たっぷりと飲まされた。口でセックスしているのだと思った。

その間、和世は腰を動かしていなかった。だが、ペニスは最硬度の膨張をキープし、彼女の中で脈打っていたのである。

顔が離れる。和世は目を潤ませていた。濡れた唇が色っぽい。

「……こんなに気持ちのいいキス、初めてかも」

「おれもです」

答えるなり、多佳子の面影が浮かぶ。人妻とのキスもよかったが、どちらがいいなんて比べようがないのだ。軽はずみな返答を、胸の内で人妻に謝罪した。

「だからこんなにオチンチンが元気なの？」

悪戯《いたずら》っぽくほほ笑み、和世が肉根を締めつけてくれる。キュウッとまつわりつく感じがたまらない。

「それもありますけど、和世さんの中が気持ちいいからです」

「そう？　気に入ってくれて嬉しいわ」

さっきも同じことを言われた気がするが、愉悦《ゆえつ》にどっぷりとひたっているため思い出せない。

「じゃあ、もっとよくなって」

彼女はからだを起こすと、再び腰を上げ下げした。牡の強ばりを蜜穴でこすり、目のくらむ悦びを与えてくれる。

「あ、あ、すごくいいです」

「あたしも……慎一君のオチンチン、あたしにぴったりって感じ」

目をトロンとさせて打ち明けたから、事実なのだろう。それだけからだの相性がいいということだ。

「あ、ああっ、ホントにいいッ」

和世の声のトーンがあがる。快いところを突かれるよう、腰の角度を調節したようだ。

　ぬちゅッ、ぬちゅッ——。

　交わる性器が猥雑な音をこぼす。彼女もしとどになっていたし、慎一も先走りを多量に溢れさせていた。尿道がかなり熱い。

（うう、まずいかも）

　危《あや》うい局面が近づいていたが、ここは和世を先に絶頂させねばならない。受け身の体位ゆえ、ひたすら耐えるしかなかった。

「ああっ、あ、イキそう」

　差し迫った声を聞き、間に合ったと安堵《あんど》する。

「おれも、もうすぐです」

「うん……いいわ、中でイッて」

　許可するのに間があったのが気になったものの、すでに限界であった。

　逆ピストンが激しくなり、腰がリズミカルに打ちつけられる。歓喜の痺れをまとった分身が、さらにふくらんだ気がした。

「イヤイヤ、イッちゃう、イク、あ、あ、あああっ！」

　アクメ声がわんわんと響く。汗ばんで甘酸っぱい匂いを振り撒く女体が、感電したみたいにわなないた。

「ううう、か、和世さんっ」

慎一も昇りつめる。女体の奥で亀頭がどぷっとはじける感覚があった。

「くうう｜、あ、出てるぅ」

ほとばしるものを感じたようで、和世が眉間にシワを刻む。ヒップを振り立て、射精するペニスをこすり続けてくれた。

おかげで、慎一は最高の満足を味わうことができた。

露天風呂が静けさを取り戻す。聞こえるのは、子守歌みたいな波音だ。

ぐったりして身を重ねた和世の背中を、慎一は優しく撫でた。愛しさがこみあげ、今夜でお別れなんて寂しすぎると思った。

これは、本気で惚《ほ》れたのかもしれない。

第三章　森の中のあやしい声

1

いったん東京へ帰ることにしたのは、旅の目的があやふやになってきた気がするからだ。

もともと失恋を忘れるために出発したのである。ところが、行く先々で魅力的な女性と知り合い、一夜を共にすることとなった。癒やされたのは確かだが、これでは性欲を発散させるために旅をしているようなものだ。

まあ、セックスから始まる恋もある。恋人ができれば、すべて解決するのだが。

『失恋から立ち直るには、新しい恋をするのが一番よ――』

昨夜、和世にもアドバイスされた。同時に果てたあと、露天風呂にふたりでつかっていたときに。

その言葉に触発されたからでもないが、慎一は思い切って彼女に告げた。おれと東京へ行きませんかと。

和世とは出会いから唐突で、衝撃的だった。けれど、短い時間のふれあいでも、素敵な女性だとわかった。もっと一緒にいたかったのだ。

『それは無理。だって、あたしはここが好きだもの。当分離れたくないわ』

慎一がどんな意図で誘ったのか、彼女はもちろんわかっていたであろう。即座に断ったのは、そんなつもりが皆無だからだ。セックスの相性はよくても、年下だから付き合うのには頼りないと思ったのか。

いや、自分は年上だからと、身を引いた可能性もある。事実、

『慎一君のことは、けっこう好きなんだけどね』

和世はそう言って、寂しげな笑顔を見せたのだ。

谷沢荘をあとにするとき、和世の姿はなかった。すでに仕事へ出かけていたようである。慎一は、彼女にも失恋した気分を味わった。

そのため、すべてをリセットしたくなった部分もあった。

帰りは高速を使ったので、夕方前に自宅アパートに戻れた。疲れていたため、部屋に入るとベッドへ直行。夜までひと眠りした。

起きてから外へ出て、慎一は近所のラーメン屋で夕食を摂った。ついでに、これからのことを考える。

（もっと自分に厳しくしたほうがいいな）

車中泊をするつもりで、ミニバンを借りたのである。なのに、初日からホテルを探そうとして人妻宅に泊まり、翌日は民宿だ。

車をひと晩停められる場所を見つけることが、難しいのは事実である。だが、端《はな》っから諦めてどうするのか。どんな状況でも活路を見出すぐらいの気構えがなければ、失恋を忘れるのも無理に決まっている。

（よし、やるぞ！）

発奮《はっぷん》し、心を入れ替えることを自らに命じた。

その晩は早めに床に就いたものの、多佳子や和世との行為を思い出してモヤモヤが募る。結局、オナニーをしてから眠った。

翌朝、慎一は気持ちも新たに出発した。

（今度は山へ向かってみよう）

海の次は山だなんて、単純に決めたわけではない。山の中なら人間もおらず、車を停めやすいのではないかと考えたのだ。

進路は北に定めた。山が多いのは東北というイメージだったし、いかにも田舎という牧歌的な景色を眺めたかった。そうすれば、様々な煩《わずら》わしさからも逃れられるだろうから。

初日同様、ここという目的地は定めなかった。そもそも、そっち方面の地理に疎《うと》かったのである。

一般道を走り、カーナビは方角を確認するためだけに使う。現在地は気にしなかった。

山と言っても、高いところを目指したわけではない。行きたいところは山頂ではなく、山がある場所なのだ。

急ぐ必要はないから、安全運転で車を走らせる。途中、名所旧跡など、良さそうな観光スポットの看板や表示を見かけると立ち寄った。道の駅も利用して休憩し、名産の美味しいものを食べた。

そうやっていかにも旅らしい時間を過ごし、日が暮れる。

(そろそろ寝場所を探すか)

コンビニで飲み物や食べ物を買ってから、慎一は民家が少ないであろう、山間へと進んだ。ひとのいなさそうな方向へ車を走らせる。

理想的なのは、周囲に誰もいない空き地だ。山の中なら、いくらでもあるのではないか。

慎一の郷里は農地が多い田舎ながら、いちおう平場である。こういう山の中は、小学校の遠足で行ったことがあるぐらいだ。

そのときの目的地は、観光地でもあるキャンプ場だった。アスレチックなどの施設もあったから、決して奥深い場所だったわけではない。バスが悠々と走れるぐらい、道路も広かったと記憶している。

そういうイメージを胸にハンドルを握っていたものだから、いつの間にか外灯もない狭い道に入り込み、慎一は焦った。

(どこだ、ここ?)

カーナビに表示される住所は、県名以外さっぱりわからない。○○郡○○町と、いかにも田舎である。

実際、ヘッドライトで照らされるのは、センターラインもない古びたアスファルトの道路だ。対向車が来たら、どうにかすれ違えるかというぐらいの道幅。大型車ならまず無理である。

カーナビの地図に表示されるのは、現在走っている道路のみ。他は何もない。

車を停めて寝られる場所を探していたのに、停める場所すらなさそうだ。

これは引き返したほうがよさそうだなと思っても、こんな狭い道でのUターンは自殺行為だ。片側は木が鬱蒼《うっそう》と繁った土手で、もう片側は谷である。しかもガードレールがない。谷に落ちてしまったら、おそらく白骨になるまで誰も見つけてくれないだろう。

(道が通ってるんだから、この先に家があるんだろう)

あるいは、隣県へ抜ける山道の可能性もある。きっとそうだと願いつつ、昼間でも薄暗そうなルートを進む。

道は緩やかな上り坂であったが、ときに下ったりと一定していない。標高がどのくらいなのか、見当もつかなかった。

(あれ?)

車が細かく振動していることに気がつく。パンクでもしたのかと蒼くなったが、そうではなかった。アスファルトだった道路が、いつの間にかコンクリート舗装になっていたのである。

おまけに、上り坂が急になる。これは普通の道路ではなく林道ではないか。だとすると、行く手には人家などなく、山があるのみだ。

さらにまずいことに、カーナビから道の表示が消えた。住所表示も〇〇郡〇〇町付近と、ひどく曖昧《あいまい》なものになる。

（まさか、この先って行き止まりなんじゃ――）

道がいきなりなくなったらどうしよう。Uターンできるスペースがあればいいのだが、それがなかったら、来た道をバックで戻らねばならない。そこまで運転に慣れているわけではないから、ちょっとのミスで谷に真っ逆さまというのもあり得る。

そうなったら、待ち受けているのは白骨死体だ。

（いや、きっと隣の県か、街への抜け道なんだ）

そうであってくれと、ほとんど神頼みの心境でアクセルを踏む。早く不安から逃れたくて、自然とスピードがあがった。

そのため、カーブを曲がったところで、いきなり前方に人影が現れたものだから肝を冷やした。

「わわっ！」

思わず声をあげ、ブレーキを踏む。キキッと鋭い摩擦音が響き、慎一は前のめりになった。

(……危なかった)

衝突が避けられ、胸を撫で下ろす。いきなり出てくるなんてと、その人物に怒りがこみあげたのは、ほんの刹那《せつな》であった。

(よかった。ひとがいたんだ)

つまり、家なり抜け道なりがあるのだ。このひとに案内してもらえばいいと、急いで横の窓を開ける。

「だいじょうぶですか?」

顔を出して訊《たず》ねたものの、前方にひとの姿はない。

(え、あれ?)

間違いなく誰かがいたのだ。跳ね飛ばした感触はなかったから、そこにいるはずなのに。

木の影か何かを、人間と見誤ったのだろうか。けれど、顔こそわからなかったが、そんなあやふやなものではなかったと思う。

では、いたはずのものが、跡形もなく消えたというのか。

(まさか、幽霊――)

超常現象的な存在の可能性が浮かぶなり、土手の木々がザザーッと音を立てる。夜気のひんやりした風が頬に当たった。

いや、幽霊なんかいるはずないとかぶりを振り、駐車ブレーキを踏んで車を降りる。恐る恐る前方を覗き込んだところ、ちゃんとひとがいた。轢かれそうになって驚き、坐《すわ》り込んでいたのだ。

ヘッドライトの明かりに浮かぶのは、こんな山奥にいるのが奇妙に感じられるほど若い女性だった。

一瞬、キツネかタヌキが化けているのではないかと、慎一は疑った。身に着けているのは雨具っぽい素材の、登山者が着用するようなコートである。

「すみません。だいじょうぶですか？」

スピードが出ていたのは事実なので、とりあえず謝る。すると、彼女がこちらを振り仰ぎ、泣きそうな面持ちで訴えた。

「お願いです、助けてください」

では、彼女は遭難者なのか。助けてほしいのはこっちなのにと、慎一は絶望感に苛《さいな》まれた。

2

とりあえず車に乗ってもらい、話を聞く。遭難者というのは早合点《はやがてん》で、彼女はキャンパーであった。

「わたし、永作茉梨花《ながさくまりか》といいます」

若く見えたのも当然で、まだ二十歳《はたち》の大学生であった。県内の女子大で学んでいるとのこと。

「おれは吉村慎一です」

安心させるために名乗り、東京の会社員で、休暇を取ってドライブ旅行をしていることも説明する。

もっとも、茉梨花はこちらを怪しんでいる様子はなかった。むしろ、救いの神が現れたとでも思っているふうである。

そのせいか、自身のことを包み隠さず話した。

「わたし、キャンプが好きで、今年になってからはソロキャンプをするようになったんです」

アウトドアのレジャーが流行しているのは、慎一も知っていた。女性のソロキャンパーが増えているということも。

　しかしながら、彼女がひとりでキャンプを愉しむようになったのは、やむにやまれぬ事情があったためだという。

「最初のころは女子大のお友達と、手近なキャンプ場のバンガローに泊まったり、バーベキューをしたりしてたんです。だけど、そういうのじゃもの足りなくなって、もっと本格的なキャンプをしたくなったんです。それこそ、ちゃんとテントを張って、木の枝を集めて焚《た》き火をするみたいな」

　彼女が在籍する女子大は、お嬢様っぽい子が多いらしい。そこまでハードなキャンプには付き合えないと、仲間がいなくなったそうだ。

（そうすると、茉梨花ちゃんはお嬢様じゃないってことなのかな？）

　車内灯に照らされた面立《おもだ》ちは、濃い眉がきりっとして、いかにも意志が強そうである。家柄はともかく、蝶よ花よと育てられた感じはしない。

　首の後ろで無造作に束ねた髪は、自然そのままの濡れ羽色。キャンプ中ということもあってすっぴんのようだし、おしゃれよりも趣味を優先させているのが窺える。

　とは言え、男に興味がないわけではないらしい。

「わたし、他の大学に通う彼氏がいたんですけど、彼はゲームばかりしてるようなインドア派で、キャンプをしようって誘っても、面倒だからって付き合ってくれなかったんです。結局、それでケンカして、別れちゃったんですけど。今の男の子って、意気地がなくてダメですよね」

彼氏との訣別《けつべつ》まで打ち明けた茉梨花は、話し相手もおらず寂しかったのかもしれない。だからこそ会ったばかりの男に、愚痴めいたことまで喋ったのではないか。

ともあれ、彼女は道具を買い揃え、単なる趣味とは呼べないまでに、キャンプにのめり込むようになった。近場だけでは飽き足らず、遠出することも増えたそうだ。

そして今日、かなり山のほうにあるキャンプ場を、初めて訪れたという。

「バスを乗り継いだし、遠かったんですけど、キャンプ場そのものは整備されていて、個人やグループで来ているひとがけっこういたんです。だから、正直拍《ひょう》子抜《しぬ》けしちゃって」

それでも、せっかく来たのだからと場所を確保し、テントを張ろうとしたところ、その男が現れた。

「女子がひとりだけっていうのは他にいなくて、それでターゲットにされたと思うんですけど、四十――ううん、五十歳ぐらいのオジサンが、キャンプのことをいろいろ教えてあげるからって、声をかけてきたんです」

教え魔というのは、どこにでもいるようだ。キャンプ場に限らず、たとえばゴルフ場でも、若い女性に声をかけ、レクチャーする中年以上の男が後を絶たないと聞く。

初心者に自分の知っていることを伝えたいと、純粋な気持ちで接する者もいるのだろう。だが、中にはスケベ根性まる出しの、とにかく女子とコミュニケーションを取りたがる不埒《ふらち》なオヤジが、一定数存在するらしい。

茉梨花に声をかけてきたのがどっちの人種なのか、会っていない慎一には判定できない。ただ、少なくとも彼女にとっては、大きなお世話の邪魔者でしかなかったようだ。

「最初はテントの場所を変えたほうがいいって言われて、なんだか自分の近くへ張らせたいみたいだったんです。やんわり断ったら、今度はわたしが持っているテントにケチをつけだして、そのメーカーはどうのとか、根拠のないことまで並べだしたんです。あ、これはもう無理だと思って、わたしはキャンプ場から離れることにしました」

ありきたりな場所では不満を覚えるほど、茉梨花はソロキャンプに慣れていた。そのため、さらに山の中へ入ったそうだ。迷惑オヤジについて来られては困るので、なるべく奥の方へと。

「テントを張れるような平らなところがなかなかなくて、けっこう歩いたんですけど、幸いにも適当な場所が見つかったんです」

テントは問題なく設営できた。そのあと、火事にならないよう気をつけて火を熾《おこ》し、夕食も済ませたという。

文明や喧噪《けんそう》から離れたところで、自分自身を見つめるのがソロキャンプの醍醐《だいご》味《み》だと、彼女は語った。ところが、闇に包まれた静けさの中、テントで横になっていたところ、外から人間の声がした。

「それも悲鳴っていうか泣き声っていうか、ひどくもの悲しい感じだったんです。びっくりして、外に出て周囲を確認したんですけど、誰もいなくて」

茉梨花が表情を強ばらせる。ひとりだし、かなりの恐怖を覚えたのだろう。

「実は、さっき話したオジサンが別れ際に、この山には幽霊が出るんだぞって脅かしてきたんです。相手にされないのが悔しくて、出鱈目《でたらめ》を言ったと思ったんですけど、もしも本当だったらって考えたら怖くなって――」

そのとき、また悲鳴らしきものが聞こえたため、我慢できず逃げ出したと彼女は告白した。目に涙を浮かべて。

暗かったため、彼女はキャンプ場とは反対方向に走ったらしい。土手を駆けおりたところで車が通れそうな道が見つかり、ホッとしたのも束の間、転んで懐中電灯を谷に落としたという。

そして、どうしようと困り果てていたところにやって来たのが、慎一の車であった。

（茉梨花ちゃんも迷っていたのか……）

遭難者がふたりに増えたわけである。現状の好転にはほど遠い。

「実は、おれも迷い込んだクチでさ」

途中で引き返せないまま、こんなところまで来たと打ち明けると、女子大生はあからさまに落胆の色を浮かべた。

「この道がどこに通じているのか、茉梨花ちゃんは知らないんだよね」

いちおう確認すると、暗い顔で「はい」とうなずかれる。カーナビには相変わらず何の表示もない。万事休すだ。

どうやら、この土手側の山を越えたところに、キャンプ場があるらしい。もしかしたら、道はそこへ通じているのかもしれない。

その推測に望みを繋げたかったものの、先を見通せない夜道は危険である。いきなり道路が寸断され、谷へ真っ逆さまなんて事態もあり得るのだから。

「とりあえず、朝まで待ったほうがよさそうだね。このまま車で夜明かししてもいいけど、茉梨花ちゃんはテントに戻る？」

訊ねると、彼女はちょっと考えてから、

「あの、テントまでいっしょに来ていただけませんか？　いろいろ置いてきたので、やっぱり心配だから」

と、遠慮がちに頼んだ。ひとりで戻るのは怖いのだろう。

「わかった。いいよ」

「あと、吉村さんにも、テントに泊まっていただきたいんですけど」

このお願いには、さすがに驚きを隠せなかった。

「え、おれが茉梨花ちゃんと？」

「はい。ひとりだと怖いし、テントをたたんでキャンプ場に戻るのも、暗いから不安なんです。また迷うかもしれないし」

泣きそうな顔で頼まれては、無下に断れない。

（だったら、わざわざテントに戻らなくても、車でいいんじゃないか？）

思ったものの、茉梨花はテント泊に慣れているのだ。そっちのほうが、まだ安心できるのだろう。

一方、車だと狭くて身動きが取れず、慎一にも気を遣って眠れないかもしれない。あるいは、車は密室感が強いし、襲われるのを警戒しているのだとか。

（いや、だったら、テントでいっしょに寝ようなんて言わないか）

彼女はこちらを信用してくれているのである。まあ、藁《わら》にも縋《すが》る心境なのかもしれないけれど。

何にせよ、怯えている女子大生を襲うほど、慎一はひとでなしではない。旅の目的を再認識したばかりで、異性との交流も熱望していなかった。何よりも男として、女の子の信頼に応えたい。

「わかった。そばにいてあげるよ」

守ってあげるという姿勢を示すことで、茉梨花は安堵《あんど》の面持ちを見せた。

「ありがとうございます」

礼を述べ、頬を緩める。ようやく見せてくれた笑顔は、それまでずっと泣きそうにしていたものだから、胸が締めつけられるほどにキュートだった。

「そうすると、車をここに置いておくしかないけど、道を塞いでてもだいじょうぶかな」

自身に問いかけるように言ったところ、

「それなら、この先に少しだけ道幅が広いところがありましたよ」

茉梨花が教えてくれる。百メートルほど進むと、たしかに土手側がえぐれたようになっている場所があった。対向車とすれ違うためのスペースらしい。

(でも、Uターンは無理そうだな)

やはり前に進むしかないのだと諦め、土手にくっつけるようにして駐車する。積んであった小さくたためる毛布と懐中電灯、ペットボトルの水を持ち、茉梨花の案内で土手を登った。

そこは植林されていない、自然のままの林であった。

生えている木々も大小さまざまで、密集していないから歩くのに支障はない。腐葉土《ふようど》らしき地面は柔らかく、足をしっかり捕まえてくれるので、斜面が急な場所でも楽に登れた。

下りてきたときの足跡や、枝を折った痕跡もあり、そう苦労することなくテントに辿り着ける。大きな木の脇で、そこだけ地面が平らになっていた。斜面がほとんどの中で、絶好のポイントを見つけたものである。

ただ、テントはひとり用らしく、見るからに小さい。招き入れられたところ、広さはミニバンのバックシートを倒したところとどっこいどっこいだ。寝るとなると、からだをぴったり寄せねばなるまい。

もっとも、茉梨花は寝袋を使うようだ。全身を包まれるから、手を出されても心配ないと考え、車よりもテントを選んだのか。

（ていうか、ここら辺、熊とか出ないんだろうな）

そんなことも気になったが、彼女を不安がらせてはいけないと黙っておく。

「だけど、これだけの荷物を持って、よくキャンプ場からここまで登ってこられたね」

感心すると、茉梨花はちょっと得意げに白い歯をこぼした。

「全部小さくたためるものですから。まとめれば、バックパックひとつに収まるんですよ」

「ふうん、そうなのか」

「あ、お腹空いてませんか？」

「いや、平気だよ」

コンビニで買ったおにぎりやパンは、車に置いてきた。山の道を運転するのに緊張しっぱなしで、食欲が失せていたのだ。

「じゃあ、もう休みますか？」

「そうだね」

茉梨花がコートを脱ぐ。中に着ていたのは、からだにぴったりしたニットだった。いかにも温かそうだが、胸のふくらみがけっこう目立ったものだからドキッとする。

（意外と巨乳なんだな）

教え魔のオヤジは、このおっぱいに目をつけて声をかけたのだろうか。邪推したものの、コートを着ていたら目立たない。慎一だって、彼女が脱いで初めてわかったのだ。

まじまじ見たら失礼だと、それとなく視線をはずしたとき、

キィイイイ——。

悲鳴のような鋭い声がテントの外から聞こえた。

「ひッ」

茉梨花が目を見開き、恐怖で表情を強ばらせる。次の瞬間、慎一に抱きついてきた。

「イヤイヤイヤ、怖い」

声を震わせ、鼻をすする。女の子がひとりでキャンプをするなんて、根性がないとできまいと思っていたが、けっこう怖がりのようである。生きた人間は平気でも、幽霊の類《たぐ》いは苦手なのかもしれない。

(ていうか、今のって……)

聞き耳を立てると、さらに大きな声が響いた。

「いやぁああっ！」

いっそう強くしがみつき、身を震わせる女子大生の背中を、慎一は慈《いつく》しむように撫でてあげた。

「心配ない。だいじょうぶだよ。おれがついてるから」

非力のくせに安請け合いをしたのは、悲鳴の正体がわかったためである。

郷里でも頻繁に耳にしたこれは、夜に鳴く鳥の声だ。女性の悲鳴のように聞こえるのが特徴である。

(何度もキャンプをしているのなら、前にも聞いていそうなものだけど)

国内に広く生息している鳥なのだ。あるいは、これまで訪れたキャンプ場には、たまたまいなかったのか。

（いたとしても、早く眠ったから気がつかなかったとか。あ、イヤホンで音楽を聴いていたのかも）

今日ははっきり聞こえたのと、事前に幽霊が出ると脅かされていたせいで、恐怖が募ったのであろう。

その幽霊話にしたところで、今の鳥の声を同じように怖がった者がいて、ありもしない話がでっちあげられた可能性がある。野生生物の声を耳にする機会のない都会の人間が、ブームに乗って山間地でキャンプをすれば、そういうことも充分にあり得るだろう。

（ウシガエルの鳴き声だって、初めて聞いたらバケモノかと思うだろうしな）

茉梨花は身を震わせっぱなしである。ここは悲鳴の正体を説明し、安心させるべきなのだ。

そうしなかったのは、女の子に頼られて悪い気がしなかったからである。

ニット越しでも柔らかなボディを撫で、愛しさが募る。髪の甘い香りや、乳くささの残る甘酸っぱい体臭もたまらない。

胸元でぐにゃりとひしゃげる、おっぱいの感触も凶悪だ。着衣のままで寝るから、からだが締めつけられないよう、キャンプではソフトタイプのブラを愛用しているのではないか。

若いからだを抱き、役得気分にひたっていると、彼女がブルッと身を震わせた。そっと身を剝《は》がし、涙で濡れた目で見あげてくる。

「あの……」

やけに色っぽい眼差しにドキッとする。男に抱きついたせいで、おかしな気分になったというのか。

しかし、それは早合点であった。

「用を足したいので、ついてきてもらってもいいですか？」

そう言って、腰をモジモジさせる。尿意が募っているのだとわかった。

「ああ、もちろん」

キャンプ用の、広い範囲を照らせるＬＥＤライトを慎一が持ち、ふたりでテントを出る。

茉梨花は落ち着かなく周囲を見回した。幽霊に襲われるのではないかと、怯えているようだ。

（あれは鳥の声だって、教えてあげたほうがよかったかな）

罪悪感を覚えたものの、今さら本当のことは言えない。どうして黙っていたのかと、責められるのは確実だからだ。

テントから十メートルほど離れた木の陰を、彼女が自然のトイレとして定める。ひょっとして、オシッコをするところを見守ってほしいのかと期待したが、うら若き娘はそこまで恥を捨てていなかった。

「絶対に見ないでくださいね」

涙目で釘を刺され、仕方なく回れ右をする。すると、

「暗くて怖いから、明かりだけこっちに向けてください」

新たな注文がつけられた。そこで、ライトの光を背後に向ける。

「これでいい？」

「はい、だいじょうぶです」

返答に続いて、衣擦れの音がかすかに聞こえる。茉梨花がおしりをまる出しにしたのだ。

「あん、もう」

独り言が耳に届く。そこは斜面になっているから、転ばないようにしゃがむの

は簡単ではあるまい。木に摑まって、そろそろと腰を下ろしているのではないか。

「はあ」

ため息が聞こえた。放尿の準備が完了したらしい。

すぐに始まるのかと思えば、その気配はなかった。危なっかしい場所で、おまけに男が近くにいるから、なかなか出ないのではなかろうか。

暫し間を置いて、ジョボジョボとけっこう派手な音がした。膀胱《ぼうこう》がいっぱいになっていたらしい。

「やだぁ」

茉梨花が嘆く。恥ずかしすぎるせせらぎを、男に聞かれているとわかっているのだ。

さりとて、耳を塞げと指示することはできない。慎一はライトを持っているからである。

（まさか、こんなことになるなんて……）

信じ難い状況に、慎一は悩ましさを募らせた。

背後で女子大生が尿をしぶかせているのである。その光景は目にしていなくても、水流が土を穿《うが》つ音はバッチリ聞こえる。気のせいか、ぬるい匂いが漂ってくる。悩ましさが募り、ペニスがふくらんだ。

女の子がオシッコをするのに昂奮するなんて、本物の変態になったのか。自らをなじっても、海綿体《かいめんたい》の充血はおさまらない。

そのとき、慎一も尿意を催した。気持ちよさそうな放尿サウンドに刺激されたためなのか。バスルームでシャワーの音を聞くとオシッコがしたくなるが、あれと似たようなものかもしれない。

茉梨花が終わったら自分もしようと思ったところで、水音が弱まる。ようやく終わりそうだ。

(もっと聞いていたかったかも)

不埒な望みを抱いたとき、

キィエエエーッ!

かなり近いところから、例の声が響き渡った。鳥だと知っている慎一ですら、ひょっとして人間なのかと疑ったぐらいにリアルなものが。

「きゃあああっ!」

負けないぐらいの悲鳴を張りあげたのは茉梨花だ。（え？）と思って振り返れば、尻をまる出しで立ちあがったのが見えた。

焦っていたのか、彼女はそのまま逃げようとしたらしい。だが、ズボンや下着が膝で止まっていたのだ。ただでさえ斜面で足場が悪いのに、まともに動けるはずがない。

案の定、見事にひっくり返った。

「危ないっ！」

慎一は急いで駆け寄り、斜面を転がりそうだったところをどうにか抱きとめた。直後に、鳥が再び鳴く。

「イヤイヤ、た、助けてぇ」

パニックに陥《おちい》った茉梨花がジタバタと暴れる。このままではふたりして斜面を転がりかねない。

「だいじょうぶだから落ち着いて。あれは鳥の鳴き声だよ！」

ライトを脇に置き、彼女を抱きしめて耳元に叫ぶ。すると、動きがぴたっと止まった。

「……え、鳥？」

「そうだよ」

「だけど、あれは女のひとの——」

訝《いぶか》る眼差しからして、信じていない様子だ。おとなしくさせるために、慎一が嘘をついていると思ったのか。

「いや、本当に鳥なんだよ」

その鳥の名前から習性まで、事細かに説明する。それでようやく信じる気になったようで、

「そうだったんですか……」

つぶやいて、茉梨花がふうと息をつく。安心したというより、拍子抜けした顔つきである。

続いて、慎一をキッと睨んだ。

「吉村さん、あれが鳥だって知ってたんですか？」

「え？ あ、うん」

「だったら、どうしてもっと早く教えてくれなかったんですか⁉」

詰め寄られ、まずいことになったと焦る。

「いや、今思いだしたっていうか」

「そのわりに、名前とか習性とか、すらすら出てきたみたいだけど」

「と、とにかく、脱ぎっぱなしだと風邪を引くから」

言われて、下半身をまる出しにしていると思い出したようだ。だが、茉梨花は少しも恥ずかしがる様子がない。

「わかってるわ、そんなこと」

刺々《とげとげ》しい口調で言い、慎一の肩に摑まって立ちあがる。それも、かなり乱暴に。

「いてて」

肩に指が喰い込み、思わず声が出る。彼女が気分を害しているのは明らかで、年上に対する敬意も消え失せたと見える。

（わわっ）

剝《む》き身の股間が目の前に来てうろたえる。ナマ白さの際立つそこには、漆黒《しっこく》の恥叢《ちそう》が逆立っていた。眉と同じく、けっこう濃い目だ。

ふわ……。

なまめかしい匂いが漂う。オシッコの残り香も含まれていたが、それ以上に蒸れた乳酪臭が強かった。

(これって、茉梨花ちゃんのアソコの――)

若い娘の秘臭《ひしゅう》に、思わず鼻を蠢《うごめ》かせる。シャワーなど浴びていない、正直なかぐわしさなのだ。

「拭いて」

ウエットティッシュのパックを差し出され、我に返る。顔をあげると、女子大生がこちらを見おろしていた。それも、かなり冷たい目で。

「オシッコが完全に終わってなかったから濡れちゃったの。誰かさんのせいで」

当てつけるみたいに言って脚を開く。脇に置いたライトが照らす内腿《うちもも》には、なるほど濡れたあとがあった。

それにしても、下着を穿いていないのに、男の前で脚を開くとは。はしたないなんて意識は毛頭ないらしい。

だが、彼女はもともとこうだったわけではない。年上の男に対する不信感と怒りから、自棄《やけ》っぱちな振る舞いをしているのだ。

「わ、わかったよ」

濡れ紙を取り出し、太腿《ふともも》のあいだに差し入れる。ひょっとして陰部も拭かねばならないのかと思えば、そちらは茉梨花がティッシュを使い、秘毛《ひもう》をかき分けるようにして拭った。

（さすがにアソコまでは拭かせないか）

慎一は尿で濡れた肌を丁寧に清め、転んだときについた土や葉っぱも払った。

「あと、おしりも綺麗にして」

彼女はよろめきながらも背中を向け、ニットの裾をたくしあげた。

こちらも色白の双丘《そうきゅう》は、若いわりに豊かに張り出していた。太腿との境界部分に、綺麗な波形を描いて。着衣のままそこだけ肌があらわだから、心が揺さぶられるほどにエロチックだ。

（全然恥ずかしくないんだな）

今や慎一を男としてではなく、下僕《げぼく》か奴隷《どれい》のごとく見ているようだ。だから平気で素尻を見せられるのだろう。

ふっくらした臀部《でんぶ》には、転んだときの土が多めについていた。デリケートな部分に入り込まないよう、慎重に取ってあげる。

ぷるん――。

軽く触れただけで、丸みがゴムまりみたいにはずんだ。

（いいおしりだな）

大きいし、ぷりぷりした肉感が見ているだけで伝わってくる。これで顔に乗られたらと、想像せずにいられない。

夜の露天風呂で、和世とシックスナインをしたときのことが思い出される。あんなふうにおしりと密着し、オシッコの匂いが残る秘苑《ひえん》を舐め回したら、間違いなく大昂奮であろう。

などと、実物の若尻を前に淫《みだ》らな場面を思い浮かべたものだから、軽い目眩《めまい》を覚えるほど昂奮する。

「綺麗になった？」

声をかけられ、ハッとする。ウエットティッシュを巻きつけた指を、慎一は割れ目に差し入れようとしていたのだ。無意識の破廉恥《はれんち》な行いに気がついて、慌てて手を引っ込める。

「う、うん」

「じゃあ、パンツを穿かせて」

こちらを下に見た命令に、さすがにカチンとくる。

（どうしてそんなことまでしなくちゃいけないんだよ）

疑問を覚えたものの、最初から悲鳴の正体を教えていれば、こんなことにならならなかったのだ。頭の中で辱《はずかし》めた後ろめたさもあり、言われたとおりにする。

半脱ぎジーンズの内側にあったパンティは白で、綿素材のシンプルなものであった。ソロキャンプだから、下着にも気を配る必要はないわけか。

それを穿かせてあげたところで胸が高鳴る。ナマ尻も魅力的だったが、白い薄《うす》物《もの》が張りついた丸みにも、充分すぎるほどそそられたのである。

しかし、じっくりと観察するだけの時間は与えられなかった。

「うわっ」

慎一が思わずのけ反ったのは、パンティのおしりが目の前に迫ってきたからだ。茉梨花がジーンズを穿くのに前屈みになったためで、危《あや》うくひっくり返りそうになったのをどうにか堪《こら》える。

「何をしてるの？」

振り返った彼女は、蔑《さげす》む目つきである。慎一を慌てさせるため、わざとヒップを突き出したのではないか。

（だからおれに、パンティを穿かせるよう命じたんだな）

顔にぶつかるかもしれないし、ナマ尻では嫌だったのだろう。

（とにかく、完全に嫌われたみたいだな）

これも邪《よこしま》な気持ちを抱いた自分が悪いのだ。自業自得である。

あの声が幽霊ではないとわかった以上、慎一が付き添う理由はない。もうお払い箱かなと、ひとり寂しい車中泊を覚悟したところで、

「さ、戻るわよ」

茉梨花に声をかけられ、きょとんとなる。

「戻るって、どこに？」

「テントよ。決まってるじゃない」

ということは、一緒に夜明かしをするつもりなのか。

（いいのかな？）

彼女の意志を確認したかったものの、「ほら早く」と急かされて立ちあがる。

途端に、からだがブルッと震え、尿意が募っていたのを思い出した。

「あ、ちょっと待って」

焦って告げると、苛立《いらだ》った面差しが向けられる。

「なによ？」

「いや……おれもオシッコを」

遠慮がちに述べるなり、茉梨花の目が輝いた気がした。

「だったら、あそこでしなさい」

さっき、彼女が用を足していた木の陰を指差される。

「うん。じゃあ、これ」

ライトを渡し、慎一はそこに向かった。

木の根元には濡れた跡があった。尿は染み込んでしまったようだが、アンモニア混じりの湿った土の匂いがする。

そこを踏まないようにして、木に向かって立つ。ファスナーを下ろしたところで、股間に明かりがまともに当たっていることに気がついた。

「そんなに照らさなくてもいいんだよ――」

注意して、ようやく気がつく。茉梨花がすぐ近くにいたことに。一メートルと離れていなかったのだ。

「もうちょっとそっちに行ってもらえないかな」

困惑する慎一を、彼女が睨みつけた。

「わたしは、みっともない格好で転がるところだけじゃなくて、アソコやおしりまで吉村さんに見られたのよ。死んじゃいたいぐらい恥ずかしかったんだから、同じ目に遭《あ》ってもらわないと気が済まないわ」

それは勝手すぎると、慎一は喉まで出かかった言葉を呑み込んだ。転がったところ以外は、茉梨花が自ら見せたのである。

とは言え、こういう事態を招いた原因が自分にある以上、強く拒めない。

「早くオチンチンを出しなさい」

ストレートな命令を下され、慎一のほうも自棄になった。

(ええい。見たければ、いくらでも見ればいいさ)

どうにでもなれという心持ちで、ブリーフの中から分身を摑み出す。さっきのエロチックな見世物のせいで、いくらかふくらんでいたモノを。

LEDライトで照らされたペニスに、女子大生の視線が真っ直ぐ注がれる。

「ふうん」

感心したようにうなずかれ、居たたまれなさが募った。

(……茉梨花ちゃんは、男のモノを見たことがあるんだよな)

インドア派の元カレと、肉体関係もあったのだろう。だからこそ、剝き身の秘《ひ》茎《けい》を目にしてもうろたえないし、あんなふうに裸の股間や尻を晒《さら》すこともできたのだ。

よって、こちらも堂々としていればいいのである。

「さっさとオシッコをしなさいよ」

言われて、「ああ」とぶっきらぼうに返事をする。

ところが、尿はなかなか出てこない。あんなにしたかったはずなのに。やはり視線が気になり、緊張しているというのか。

茉梨花もさっき、出るのに時間がかかったのである。心境が理解できるから か、急かしてはこなかった。

そのため、慎一のほうが情けなくなる。

（だらしないぞ、男のくせに）

自らを叱りつけ、排尿に意識を集中する。出ろ出ろと胸の内で呪文を唱えると、ようやく膀胱の出口が緩んだ。

（あ、出る――）

関門が開くと、温かな奔流《ほんりゅう》が地面へと注がれる。

「やん、出た」

茉梨花の声が聞こえ、見られているのだと悟る。途端に、背すじがぞわぞわした。

（おれ、オシッコをするところを、女の子に見られてるんだ）

放尿の音を聞いて昂奮したのとは異なる、あやしい心持ち。そのため、海綿体が血液を呼び込んだ。

（こら、勃《た》つな）

叱りつけても、不肖のムスコは言うことを聞かない。ムクムクと膨張する。どうにかすべてを出し切ったときには、全体が水平近くまで持ちあがっていた。

（ああ、まずいよ）

勃起《ぼっき》したのを茉梨花に気づかれただろうか。早くしまわなければと、雫を切るのももどかしくブリーフの中へ戻そうとすれば、

「ちょっと待って」

と、彼女に制止される。

「え、なに？」

不満を隠さず問い返せば、女子大生がすぐ脇まで寄ってきた。

「これ、持ってて」

慎一にライトを渡し、ポケットを探る。取り出したのはティッシュだった。

「ちゃんと拭かなくちゃダメでしょ」

そう言って、ふくらみかけの肉茎《にくけい》を摘まむ。

「うう」

ムズムズする快《こころよ》さが生じ、慎一は身をよじった。いったい何をするつもりなのかと思えば、雫の光る先端を、茉梨花が薄紙で拭いたのである。

「そ、そんなことしなくてもいいんだってば」

焦って告げても、彼女は聞き入れない。

「だって、オシッコがついてるじゃない」

女性がそうするように、男も放尿したあとは拭くものだと思っているのか。いや、何も知らない処女ならいざ知らず、男と付き合ったことのある女子大生が、そんな子供じみた思い込みをするはずがない。

その証拠に、彼女は筒肉《つつにく》を摘まんだ指を、小刻みに動かしていた。そんなことをしたらどうなるのか、わかった上で。

（ああ、まずいよ）

どうにか半勃ちでとどめた分身が、刺激を受けていっそうふくらむ。上向いて伸びあがり、しゃくりあげるように脈打った。

この変化に、茉梨花は顔色ひとつ変えなかった。

「タッちゃった……」

つぶやくように言い、今度は五本の指で握り込む。悦びが何倍にもなって、慎一は堪えようもなく喘いだ。

「ああ、あ、駄目」

腰をよじっても、手ははずされない。それどころか、面白がるように強ばりきったモノをしごく。

「うわ、すごく硬い」

茉梨花が頬を緩める。面白がっているのだ。

包皮《ほうひ》を巧みに扱い、亀頭《きとう》にかぶせては剝く。これが初めてではないのは明白な、手慣れた手淫《しゅいん》奉仕である。

「も、もうオシッコは出ないよ」

息をはずませながら告げても、彼女はこちらをチラッと一瞥しただけだった。

「まだ出るでしょ、白いオシッコが」

このまま続けたらどうなるのか、ちゃんと理解しているのだ。

(射精させるつもりみたいだぞ)

いったいどうしてと、頭の中が疑問符だらけになる。考えた挙げ句、自分が恥ずかしい目に遭った以上に年上の男を辱め、溜飲を下げようとしているのだという結論に辿り着いた。他に理由は浮かばない。

「ほら、出てきた」

茉梨花が楽しげに言い、またティッシュで鈴口《すずぐち》を拭う。糸を引いた透明なそれは、もちろん尿ではなかった。

「これが出るってことは、そろそろね」

男が昂奮すると滲ませるものだと知っているのである。

手の動きがリズミカルになる。カウパー腺液《せんえき》が包皮に巻き込まれ、ニチャニチャと泡立った。

（ええい、どうにでもなれ）

そんなに精液が見たいのなら見せてやると、悦楽《えつらく》の流れに身を投じる。間もなく、膝がガクガクして立っていられなくなった。

慎一は片手をのばし、前の木に摑まった。それを待っていたかのように、手の振れ幅が大きくなる。握る力も強まった。

「あ、ううう、出る」

めくるめく歓喜に理性を吹き飛ばし、熱い粘汁をほとばしらせる。

「ほら出た」

得意げに言った茉梨花は、手の動きを止めなかった。射精しながらしごかれるのが気持ちいいと知っているのだ。

おかげで射精は長く続き、慎一は最高の満足を得ることができた。

(おれ、茉梨花ちゃんにイカされたんだ)

そのことを実感したのは、ペニスを根元から強くしごかれ、尿道に残っていたぶんがトロリと溢れたあとだった。

たっぷりと放った牡根《おすこん》が、力を失ってうな垂れる。茉梨花はウエットティッシュで指を拭いながら、

「これでもう、悪さはできないわね」

勝ち誇った声で断言した。

(……そうか。テントで襲われないように、先に射精させたんだな)

本当のことを言わなかった慎一に不信感を募らせ、ひと晩一緒に過ごすのは危険だと判断したらしい。寝袋にくるまっていても安全ではないと。

そんなふうに思わせたのはこちらの落ち度である。だが、何もここまでしなくてもいいのではないか。

年下の女子大生からいいように扱われた悔しさもあり、慎一はオルガスムスの

余韻の中、胸の内で屈辱の涙をこぼした。

3

テントに戻ったら、すぐに寝るのだと思っていた。ところが、茉梨花はそんなつもりはなかったらしい。

「じゃあ、今度はわたしの番ね」

言われても、どういう意味なのかわからずきょとんとする。

「……え、茉梨花ちゃんの番って？」

訊ねると、彼女が不機嫌をあらわに顔をしかめた。

「わたしは吉村さんのオチンチンをシコシコして、精液も出させてあげたのよ。なのに、お礼のひとつもしないつもりなの？」

つまり、何らかの奉仕を求めているのか。

（マッサージでもしろっていうのかよ）

そんなことならいくらでもするけれど、傲慢《ごうまん》な態度が癪《しゃく》に障る。アウトドアが好きなわりに、言うことは陰険《いんけん》だ。

「何をすればいいの？」

憤《いきどお》りを抑えて訊ねれば、ライトが照らすテントの中で、女子大生がころんと寝そべる。ニットの裾に手をかけると、胸の上までたくしあげた。

しかも、中に着ていたインナーもまとめて。

ぷるん——。

まん丸な乳房があらわになる。仰向けでも綺麗なかたちを保つそれが、プリンみたいに揺れた。

「わっ」

予告もなくいきなりだったから、慎一は思わず声をあげた。

「おっぱい吸って」

少しも恥じらうことなく、茉梨花が命じる。ようするに、射精させたお返しに、気持ちよくしろというのだ。

(まったく、なんて子だよ)

あきれつつも、母性の象徴のような双房《そうぼう》を前にすれば、抗《あらが》いがたい情動が募る。なるほど、前もって精液を搾り取られていなかったら、矢も楯《たて》もたまらず抱きついたかもしれない。

たわわな土台と比べれば、頂上の尖りは小さめで、乳暈《にゆううん》も淡い色合いだ。上品なスイーツという趣《おもむき》で、見るからに美味しそうである。

慎一は操られるようににじり寄り、若い女体の上に横から身を屈めた。抱きつかれたときにも嗅いだ、乳くさいような甘ったるい匂いが強まる。悩ましいかぐわしさを胸いっぱいに吸い込み、まずは手前側の乳頭《にゅうとう》に吸いついた。

「あふン」

茉梨花が鼻に掛かった声を洩らす。自ら吸ってとせがむだけあって、かなり感じるようだ。

ならばと、舌をてろてろと動かして、グミみたいな感触の突起をはじいた。ほのかな塩気を感じながら。

「あ、ああっ」

肌を晒した上半身がくねる。息づかいもはずんでいるようだ。

(なんてエッチな子なんだ)

もっとも、非難するつもりは毛頭ない。それどころか、さっきまで抱いていた苛立ちも、いつの間にかなくなっていた。

悦びに喘ぐ彼女が、今は愛しくてたまらない。もっと感じさせたくて、舌の動きをいっそう派手にする。

「い、いいい、あひっ」

背中を浮かせてよがる茉梨花の乳首が硬くなる。感度もあがったようで、ミルク色の肌がビクッ、ビクッとわななないた。

慎一は身を乗り出し、奥側の乳頭にも口をつけた。そちらはチュパチュパと音を立ててねぶり、先に吸ったほうも指で摘まんで転がす。

「ああ、ああ、それいいッ」

歓喜の声を放ち、若い肢体《したい》を波打たせる女子大生。二十歳にして、ひとかどの女であった。

(この感じだと、おっぱいだけじゃ済まないだろうな)

さらに淫らな奉仕を求めるのは確実だ。もしかしたらセックスも——。

しかしながら、先に射精させたことを考えると、そこまでは許さない公算が大きい。あくまでも愛撫だけで満足するつもりではなかろうか。

(ま、それでもいいさ)

旅先で続けざまに女性を抱いたのを、反省したばかりなのである。すでに禁を破っているようなものだが、最後の一線を越えなければまだ言い訳が立つ。

とにかく、しっかり満足させなければと、舌と指の動きを同調させる。快感で汗ばんだのか、肌からたち昇る甘酸っぱいかぐわしさが濃厚になった。

「お、おっぱいはもういいわ」

茉梨花が声を震わせて言う。慎一が離れると、急いでインナーとニットを戻した。夜間で山の中だし、からだが冷えないよう気をつけているのだろう。

それから、寝転がったままジーンズを脱ぐ。さっきも目にした、純白のパンティが晒された。

「オマンコいじって。パンツの上からね」

禁断の四文字を聞かされて、慎一は耳を疑った。

多佳子も同じ単語を口にしたが、経験を積んだ人妻は、年下の男を翻弄《ほんろう》するために、わざと品のない言葉遣いをしていたのだ。

一方、若い茉梨花は、当たり前の名詞として用いたようである。それだけ淫らな気分が高まっているのだろうか。

(それとも、今の若い子は、そういう言葉に抵抗がないのかな)

五つしか違わないのに、世代のギャップを感じる。

茉梨花は両膝を立てて脚を開いた。触れて欲しいポイントを男に見せつける。

「ちゃんと気持ちよくしてよ」

小生意気な発言も不愉快ではない。むしろいじらしいと思えたし、お望みどおりにという心持ちになる。

「わかった」

喰い込んで縦ジワをこしらえるクロッチの中心に、慎一は指を差しのべた。

「うンッ」

軽いタッチにもかかわらず、茉梨花が小さく呻《うめ》く。腰もピクッと震わせた。おっぱいへの愛撫で高まり、肉体が敏感になっているようだ。

指先をめり込ませると、内側からじゅわりと滲み出る感触があった。

(やっぱり濡れてたんだ)

しかも、かなり熱い。さわってほしがるのも無理はないと思えた。

要望に応えて湿ったところを強めにこすると、

「ああ、い、いやぁ」

若い肢体がガクガクとはずむ。面差しもいやらしく蕩《とろ》けていた。

慎一はさらに感じるポイントを探した。クロッチの前側、ちょうど縫い目のあたりを圧迫する。

「あ、あ、そこそこぉ」

茉梨花の声のトーンが上がる。狙いは間違っていなかった。

（クリトリスはここだな）

集中してこすり続けると、彼女は「イヤイヤ」とよがった。脚を閉じたり開いたりと、少しもじっとしていない。

濡れジミが大きくなり、内側の秘叢を透かすまでになる。それにより、蒸れたような秘臭《ひしゅう》が強まった。秘芯《ひしん》はもうドロドロに違いない。

実際、シミに触れると、外側にもヌメリが感じられた。布越しの愛撫でも、かなりの快感を得ているのだ。

とは言え、直にされたほうが、もっと気持ちいいに決まっている。彼女もふんふんと鼻息をこぼしつつ、焦れったさを覚えているようだ。

（たまらなくなっているみたいだぞ）

はしたないおねだりをさせたくて、秘核《ひかく》を執拗《しつよう》にほじる。茉梨花は身をよじってすすり泣き、いよいよ我慢できなくなったらしい。

「ね、ねえ」

閉じていた瞼《まぶた》を開き、濡れた目で見つめてきた。

「え、なに？」

「……パンツを脱がせて」

ためらいがちに言ったから、もともとそのつもりはなかったのかもしれない。

それに、さっきまでの見下した態度ではなくなっていた。

(気持ちよくしてあげたし、ちょっとはおれのことを見直してくれたのかな)

そうであってほしいと願いつつ、慎一は「わかった」と答えた。白い薄物に両手をかける。

なめらかな美脚をすべらせるあいだに、パンティが裏返る。全体に黄ばんだクロッチの裏地には、クリームみたいな粘液がべっとりとこびりついていた。

(うわ、すごい)

昂奮の証を目の当たりにして、胸が躍る。こうなったら、悶絶するまで感じさせてあげたい。

下半身すっぽんぽんになった女子大生の脚を、大きく開かせる。外でも目撃した漆黒のヘアは、陰部全体を覆っていた。秘唇《ひしん》の佇まいを確認できないほど密集している。

それをかき分けようと手を差しのべたところ、

「さわらないで」

と、焦った声で命じられた。

「え、どうして？」

慎一は合点がいかなかった。だったら、どうして下着を脱がせたのか。

「だって、バイ菌がオマンコに入ったら困るもの」

茉梨花に言われて納得する。手を洗っていないし、さっきまで外にいたのだ。清潔とは言い難い指で、デリケートな女性器をさわるべきではない。

それならどうすればいいのかと思えば、

「舐めて……イヤじゃなかったらだけど」

なぜだか遠慮がちに言われて、慎一はすぐさま身を屈めた。パンティを脱がしたときから、そうしたいと思っていたのだ。

むわん――。

口をつける前に、熟成された趣の秘臭が鼻腔《びこう》に流れ込む。柔らかな酸味を含んだそれは、あらゆる発酵《はっこう》食品の複合体のよう。いささかケモノっぽくもあった。

ここまで生々しい女性器の匂いを嗅ぐのは初めてで、慎一はちょっと怯《ひる》みかけた。これまで関係を持った三人、ソープ嬢も人妻の多佳子も民宿の和世も、シャワーや入浴のあとで秘部に顔を寄せたのである。

だが、少しも嫌ではない。むしろ、もっと嗅ぎたくなって、たち昇るものを深々と吸い込んだ。

（これ、クセになりそうかも）

チャーミングな女子大生のアソコが、こんなに匂うなんて。年上の男相手にも遠慮しない、彼女の真っ直ぐな気性そのままのようでもあり、好感を抱く。

「うう……」

茉梨花が小さく呻き、腰を震わせる。秘められたところを間近で観察され、さすがに恥ずかしいのか。もっとも、陰毛が濃いのと影になっているため、ほとんど見えないのだ。

とにかくお望みのままにと、かぐわしい叢《くさむら》に口をつける。

「あん」

慎一から逃れようとするみたいに、若腰がくねる。自ら求めたはずが、今さら後悔しているふうでもあった。

密着したことで、淫臭《いんしゅう》がむせ返るほど濃厚になる。ほんのり湿った秘毛の狭間には、アンモニア臭も残っていた。

熟成した感もあるそれは、さっき用を足した名残だけではなさそうだ。その前からのぶんもこびりついているのではないか。これだけ毛が密集していると、ペーパーで拭いた程度では取れないだろうから。

子供じみたオシッコくささも彼女らしい気がして、慎一はフンフンと鼻を鳴らしながら舌を差し出した。毛をかき分け、濡れた窪地をねぶる。

「あ、あっ」

焦った声をあげた茉梨花が、ヒップを浮かせる。感じているというより、やはり躊躇《ちゅうちょ》している様子だ。

舌に絡む粘つきには、塩気と甘みの両方が感じられた。匂いほどには味がなく、少々もの足りない。

もっと奥まで探索するべく、舌をさらにのばそうとしたところで、

「ま、待って」

泣きべそ声で停止を求められた。

「え、どうしたの？」

顔をあげると、茉梨花が涙目でこちらを見ていた。

「……イヤじゃないの？」

怖ず怖ずと問いかける彼女が、やけにか弱く映る。そう言えばクンニリングス

を求めたときも、嫌じゃなかったらとあらかじめ断ったのだ。

「全然。何か気になるの？」

「だって、毛モジャだし、洗ってなくてくさいし」

実は毛深いのを気にしていたと見える。また、秘苑が素の匂いをさせているのも自覚していたのだ。

そのため、舐めさせるのを申し訳ないと感じていたらしい。言葉遣いは居丈高《いたけだか》でも、年上の男を完全に見下していたわけではなかったのだ。

「全然気にならないよ。このぐらい生えている女性は珍しくないし、おれは茉梨花ちゃんの匂い、けっこう好きだけど」

「好きって――」

驚きをあらわにした女子大生が、次の瞬間、顔をくしゃっと歪める。

「……ヘンタイ」

なじる言葉を口にしつつも、それは優しい声音だった。

慎一のほうも照れくさくなり、再び湿地帯に顔を埋める。さっきも刺激した秘核を狙えば、「ああぁっ」とひときわ大きな声が放たれた。

「それ、感じすぎるぅ」

やはり直にされるのが快いのだ。

陰毛が多いので、少々舐めづらかったのは事実である。それでも、あられもない反応があれば、舌づかいに熱が入るというもの。

ピチャピチャ……ぢゅぢゅッ。

音を立ててクリトリスを吸いねぶったところ、

「う、ううっ、あ——きゃう、うふふふふぅ」

茉梨花は多彩なよがり声で、悦びをあらわにした。

ためらいながらもクンニリングスをほしがるほど、彼女は高まっていたのである。ここは早く絶頂させてあげるべきだ。

硬く尖った肉芽《にくめ》を、舌先でぴちぴちとはじく。茉梨花は内腿で慎一の頭を強く挟み、「くぅう」と切なげに呻いた。

「ダメ……イッちゃう」

いよいよ極まったふうに下腹を波打たせる女子大生。高まっていたぶん、頂上を迎えるのも早かった。

「あ、あ、イクッ、イクッ、イクイクぅっ！」

若いボディがのけ反り、細かく痙攣《けいれん》する。彼女は「うう、うっ」と呻き、四肢

梨花が、たわわな胸元を大きく上下させていた。
「ふはッ、ハッ、はふ」
荒い息づかいを耳に入れ、蜜林《みつりん》から口をはずす。身を起こすと、瞼を閉じた茉
梨花が、たわわな胸元を大きく上下させていた。
ビクン――。
下半身に脈動を感じて気がつく。慎一は勃起していた。いつの間にか復活した
分身が、ズボンの前を大きく盛りあげていたのである。

4

オルガスムス後の虚脱状態から回復し、茉梨花がのろのろと身を起こす。彼女
は五分近くもぐったりしていたのだ。
「ごめんなさい……わたし、イッちゃうとなかなか起きられなくて」
謝って、照れくさそうにほほ笑む。それだけ満足が深かったのだろう。実際、
憑《つ》き物が落ちたふうにスッキリした顔つきだ。
「疲れたんじゃないの？　これなら朝までゆっくり休めるね」
ねぎらう言葉をかけつつも、慎一は未練たらたらであった。再びエレクトした

陽根《ようこん》が、もう一度気持ちよく射精したいとせがんでいたからである。

絶頂したあと、茉梨花は脚をだらしなく開き、陰部を晒したままでいた。ときおり悦楽の余韻を愉しむみたいに、四肢のあちこちを痙攣させて。

そんなしどけない姿を間近にして、ペニスが萎えるはずがない。いっそう猛々《たけだけ》しい脈打ちを示すばかりであった。

けれど、彼女がこのまま休むとなれば、我慢して眠るしかなさそうだ。

(勃起したこと、茉梨花ちゃんに教えてみようかな)

そうすれば放尿のあとみたいに、手で処理してくれるのではないか。しかし、それは甘い考えであろう。

(悪さができないようにって、彼女はおれのを出させたんだぞ。なのに、また勃ったなんてわかったら、テントを追い出されるかもしれない)

少なくとも、性欲まみれの浅ましい男だと決めつけられるのは確実だ。

昂奮を鎮《しず》めるためにも、あられもない姿をどうにかしてもらいたい。慎一は脱がせたパンティを茉梨花に渡した。

「はい、これ」

「ん……」

受け取ったものに、彼女は脚を通そうとしなかった。意味のない物体を手にしたみたいに、空虚な眼差しを注ぐ。

結局、放るようにして脇に置いた。

「吉村さん、勃起してるんでしょ」

問いかけではなく、断定の口調で事実を指摘される。慎一は狼狽《ろうばい》した。

「い、いや——」

「オチンチン出して」

強く命令されたわけでもないのに、声音に妙な迫力があった。

慎一は膝立ちになると、ズボンとブリーフを脱いだ。渋々ではあったが、心の片隅で期待も抱いていたのである。もしかしたら、また最後まで導いてもらえるのではないかと。

「ここに寝て」

言われて、下半身のみすっぽんぽんのみっともない格好で、テントの床に寝そべる。

いきり立つシンボルはさっきも見られた。その前には放尿するところも。

なのに、今のほうが羞恥は著《いちじる》しい。一度射精したのに、浅ましく性器を膨張させたせいで、居たたまれないのか。

「あんなにいっぱい出したのに、またこんなに大きくしちゃって」

嘲《あざけ》りの言葉が耳に痛い。とても茉梨花の顔を見られなくて、慎一は目をつぶった。その直後、屹立《きつりつ》が無造作に握られる。

「むふッ」

体幹を快美《かいび》電流が貫き、歓喜の鼻息を吹きこぼす。意志とは関係なく、腰がガクガクと上下した。

（おれ、またチンポを握られてる――）

目を閉じていても、手指の感触がやけにリアルだ。視覚が働かないぶん、触覚が研ぎ澄まされているのか。

「なんか、さっきよりも大きいみたい」

感心した口振りからして、勃起したのを不愉快に思っているわけではないらしい。ということは、また射精させてもらえるかもしれない。こうして握ったのだから、無慈悲に放り出すことはないだろう。

だが、彼女は手を動かさない。おまけに黙っているものだから、慎一は不安になった。

（やめておけばよかったって、後悔してるのかも）

やはり無い物ねだりだったのかと諦めかけたとき、秘茎に何かが接近する気配があった。やはり感覚が研ぎ澄まされていたようだ。

亀頭粘膜に温かな風が当たる。それが茉梨花の息だと悟るなり、慎一は我慢できなくなって瞼を開いた。

「あ──」

頭をもたげて目撃したのは、屹立の先端から三センチと離れていないところにある、女子大生の顔であった。

「だ、駄目だよ」

焦って声をかけたのは、彼女の小鼻がふくらんでいたからだ。明らかに匂いを嗅いでいたのである。

「え、何がダメなの？」

茉梨花がこちらを見る。訝る眼差しに、慎一は言葉に詰まった。

「──だって、そこ、洗ってないからさ」

どうにか理由を口にすれば、茉梨花は小馬鹿にしたふうに鼻を鳴らした。

「吉村さんだって、わたしのくっさいオマンコをクンクンしたくせに」

睨みつけられ、首を縮める。年上の男が、女性器の生々しい匂いに昂《たかぶ》ったのを、彼女は悟っていたのか。

「おれはただ、茉梨花ちゃんのアソコを舐めただけで」

好んで嗅いだわけではないと弁明しようとして、強ばりを強く握られる。おかげで何も言えなくなった。

「とにかく、こんどはわたしの番なの」

何事も公平でないと気が済まないタチなのか。茉梨花は鼻をペニスのくびれ付近に寄せ、あからさまにスンスンと嗅ぎ回った。

（ああ、そんな）

最も匂いの強いところを暴かれて、全身が熱くなる。恥ずかしくて身悶《みもだ》えしたくなったが、中心をがっちりと摑まれていたため動けなかった。

「んー」

唸《うな》った彼女が、眉間に深いシワを刻む。洗っていないだけでなく、さっき射精したばかりなのだ。海産物のような独特な臭気《しゅうき》がこびりついているに違いない。

くさいと罵《ののし》られることを、慎一は覚悟した。ところが、茉梨花は悩ましげに眉をひそめたものの、表情は険しくない。

そして、牡器官から離れると、堪能しきったみたいに息をついた。

「……わたしも嫌いじゃないわ」

「え？」

「吉村さんの、オチンチンの匂い」

自身の秘臭を好きだと言われたお礼のつもりなのか。もっとも、無理をしている様子はない。事実を口にしたようだ。

（男も女も、互いの匂いに惹かれるようになっているのかも）

慎一自身は、異性との親密な交流があまりなかった。まして女子大生の恥ずかしい匂いなんて、なかなか嗅げるものではない。よって、物珍しさもあって夢中になった気がしていた。

だが、茉梨花も男の露骨なパフュームを好んでいる。やはり生物としての本能的な影響があるというのか。

とは言え、すべての男女がそうだとは言い切れない。結論を導くには、サンプルが少なすぎる。

とりあえず、互いの匂いが好きなのだから、きっと相性がいいのだ。

（そう言えば、多佳子さんもチンポの匂いが好きだって言ってたな）

彼女は六つも年上だ。セックスに慣れた大人の女性が、若い男を翻弄するためにからかったのだと思っていた。だが、そういう意図はなく、素直な感想を述べただけだったのかもしれない。

その人妻に、リビングでフェラチオをされたことを思い出したとき、茉梨花がいきなり顔を伏せた。

「あ――」

まさかと思う間もなく、脈打つモノが棹《さお》の半ばまで咥《くわ》えられる。

チュッ――。

吸引され、慎一は後頭部を殴られたような衝撃を受けた。

「ううう、だ、駄目だよ」

声をかけ、腰をよじっても、彼女は離れない。筒肉に舌を巻きつかされ、背徳感の強い悦びに目がくらむ。

(茉梨花ちゃんが、ここまでするなんて)

クンニリングスのお返しで、洗っていないペニスを頰張ったのか。

だが、これまで経験したフェラチオと比較すれば、かなり稚拙《ちせつ》である。口に入れて、とりあえず舌を動かしてみたという程度。若いからやむを得ないにせよ、経験があまりないのだろう。

(手でしごくのは、けっこう上手だったけど)

射精しても手を動かし続けてくれたし、男がどうすれば快いのか知っているようだった。

「ふう」

二分ほども舌を絡めてから、茉梨花が顔をあげる。息をつき、申し訳なさそうに口許を歪めた。

「ごめんね。じょうずじゃないでしょ」

「ああ、いや」

「わたし、そんなにしたことないから」

思ったとおり、経験が不足しているのだ。

「別れた彼氏は、してほしいって言わなかったの?」

つい詮索《せんさく》してしまうと、彼女はコクリとうなずいた。

「彼は潔癖気味なところがあって、口でするのもされるのも好きじゃなかったみたい。わたしは気持ちよくしてあげたかったのに、そんなことまでしなくてもいいからって、いつも手でするだけ。フェラは、彼が眠っているあいだに舐めてみたぐらいかな」

「それじゃあ、舐められたことも？」

「うん……わたしは興味もあったし、どんな感じなのか知りたかったけど」

眠っている彼氏のペニスに口をつけたぐらいである。性的なことへの関心が強く、だから手淫奉仕の技術も身についたのだ。

そこまで好奇心旺盛なら、オナニーも頻繁にしていたに違いない。指よりも舌のほうが気持ちいいのではないかと、悦びにひたりつつ想像したのだとか。

「まあ、仮に潔癖症でなくっても、わたしのオマンコなんて毛モジャだし、色も濃くてビラビラが大きいから、誰も舐めたがらないけど」

茉梨花が自虐的に述べる。秘芯の佇まいはほとんど見えなかったが、舐めた感じだと、小陰唇《しょういんしん》はそこまで大きくなかった。クンニリングスをしてもらえないためにコンプレックスが募り、自身の肉体を卑下するようになったのだろう。

「そんなことないよ」

慎一は強めに言い返した。

「茉梨花ちゃんは可愛いし、おっぱいもアソコも、からだだって全部魅力的だよ。そんなふうに自分を貶《おとし》めるものじゃないよ」

お説教じみたことを口にしてしまい、気恥ずかしさを覚える。彼女も驚いたように目を丸くした。

けれど、ふっと表情を緩め、

「ありがと」

と、照れくさそうに礼を言う。

「ホントはわたし、意地悪のつもりで、吉村さんに舐めてってお願いしたの。ニオイだってキツいし、どうせ嫌がるだろうと思ったから」

「全然嫌じゃなかったよ。嘘じゃない」

「うん。だから恥ずかしかったけど、すごくうれしかったの。クンニって、あんなに気持ちいいんだってわかったし、イクのだって、自分でするときよりもずっと――」

言いかけて、茉梨花がうろたえたふうに目を泳がせる。意図せず自慰《じい》の告白をしたことに気がついたようだ。

慎一は聞かなかったフリをして、

「茉梨花ちゃんはまだ若いんだし、これからいろいろと経験すればいいんだよ」

年上らしくアドバイスした。すると、彼女がプッと吹き出す。

「え、なに？」

「今のって、なんかオジサンみたい」

クスクスと笑われ、照れくさくなる。

唾液に濡れたペニスを、茉梨花がしごいてくれる。ひょっとして、最後までさせてくれるのかと期待がこみあげたものの、

(いや、そういうのは駄目だって反省したはずだろ)

欲望に流されてはならないのだと、自らを戒《いまし》める。そのくせ、

「吉村さん、これ、オマンコに挿《い》れたい？」

ストレートな質問をされ、つい「うん」とうなずいてしまった。

「いいよ、しても」

許可を与えられ、「い、いいの」と確認する。

「うん。ただし、絶対に中で精子を出さないで。妊娠が怖いから。あと、わたしはエッチだとまだそんなに感じないから、抱いても面白くないかもしれないけど怒らないでね」

若い娘らしい、率直な物言いに好感を抱く。ならばと、慎一は別の提案をした。

「だったらセックスじゃなくて、いっしょに舐めっこしよう」

「え、舐めっこ？」

「うん。茉梨花ちゃんが、反対の向きでおれの上に乗って――」

シックスナインの体位を説明すると、彼女が納得した面持ちでうなずく。そういう行為があると、経験はなくても知識はあったらしい。関心も持っていたようで、ほとんど抵抗を示さず逆向きで身を重ねた。

まん丸ヒップが目の前に迫る。最初にこれを見たとき、顔を密着させたいと密かに願った。それがいよいよ叶うのだ。

「あん、恥ずかしい」

茉梨花が小声で嘆く。秘められた部分をまともに見られて、羞恥を覚えるのは当然である。

彼女が上になったあいだに、慎一はこっそりとライトの位置をずらした。自らの頭のほうに置いて、女子大生のおしりやアソコがしっかり見えるようにしたのである。

（ああ、これが……）

光が当たったことで、秘叢の狭間に濡れた肉唇《にくしん》が見えた。彼女が卑下したほど色素の沈着は濃くなく、花弁もごく普通の大きさである。

チーズっぽさを増した淫臭が、熱気とともに漂う。それを鼻から吸い込む慎一の目は、谷底の可憐なツボミも捉えていた。ある意味、性器以上に背徳的で、犯し難いところである。

そこにも短い毛が疎《まば》らにあって、激しく昂奮する。

(茉梨花ちゃん、おしりの穴に毛が生えてるんだ——)

今はキャンプに相応《ふさわ》しい、地味な身なりである。だが、メイクをして着飾れば、誰もが振り返るキャンパス美女に変身するだろう。

そんな子の肛門に毛が生えているなんて、誰が想像するだろうか。

「ね、ねえ」

茉梨花が焦れったげに呼びかけ、羞恥帯をキュッとすぼめる。見ないでと訴えているのか。それとも、早く気持ちよくしてもらいたいのか。

たぶん両方なのだと理解して、慎一は若尻を抱き寄せた。

「キャッ」

悲鳴があがるのと同時に、柔らかな重みが顔面にのしかかる。湿った繁みが口許を塞ぎ、そこから放たれる濃厚な女くささが鼻腔になだれ込んだ。

慎一は軽い目眩を覚えつつ、舌を叢の隙間に差し入れた。

「あ、ああっ」

茉梨花は最初から鋭敏な反応を示した。口唇愛撫を待ち望み、気分を高めていたようである。恥芯《ちしん》からも、粘っこい蜜をトロリと溢れさせた。

彼女がペニスにむしゃぶりついたのは、単なるお返しではなく、恥ずかしさを誤魔化《ごまか》すためであったろう。深く咥え込み、んぐんぐと喉を鳴らす。はしたない声を洩らすまいとしているようでもあった。

実際、敏感なポイントを探索すると、ふっくらした丸みが感電したみたいにビクビクとわなないたのである。「むーむー」と、くぐもった呻きが聞こえた。

クリトリスだけを狙うのは芸がないと、慎一は舌を会陰《えいん》方向に辿らせた。くすぐったそうに腰をよじった茉梨花は、そんなところまで舐められるとは想像もしていなかったに違いない。

「んんッ」

アヌスをひと舐めされ、身を強ばらせる。たまたま触れただけと判断したか、すぐに抵抗しなかった。けれど、舌をチロチロと動かされることで、意図的なものだと察したらしい。

肉根を吐き出し、下肢《かし》を震わせる。

「ふは――」

「そ、そこ、おしりぃ」

尻の谷をすぼめても、強く拒んでいるわけではなさそうだ。無視してねぶり続けると、「ああん」と切なげに喘いだ。

「うう……よ、吉村さんのヘンタイ」

なじる言葉も、どこか甘えているふう。若いし、好奇心が旺盛なだけあって、アナル舐めへの嫌悪はあまりなさそうだ。

それをいいことに、放射状のシワの中心をほじるように舐める。

「いやぁ、も、バカぁ」

茉梨花が嘆き、ツボミをキュッキュッと収縮させる。もっとしてとせがんでいるようでもあった。

たっぷりと唾液を塗り込めてから女芯《にょしん》に戻る。濡れた秘毛がべっとりと陰部に張りつくほど、そこは大洪水であった。

（うわ、こんなに）

秘肛《ひこう》への刺激で高まり、ラブジュースを溢れさせたのだ。クリトリスも敏感になっており、舌でちょっとはじいただけで、彼女は「あひぃ」と甲高《かんだか》い声をほとばしらせた。

「ダメダメ、か、感じすぎるぅ」

ペニスを挿入されても悦びは少ないらしい。けれど、これだけ感度がいいのである。いずれはセックスでも乱れまくるのではないか。

さっき以上の高みへと至らしめるべく、慎一は舌を高速で律動《りつどう》させた。

「あああ、イク、イッちゃう」

時間をかけることなく、茉梨花が昇りつめる。年上の男の上で、成熟前のボディを硬直させた。

だが、それはほんの序の口であった。

「……え？」

絶頂したあとも慎一が舐め続けていることに、彼女も気づいたらしい。歓喜の波が引いていないのに、過敏になっている秘核をねぶられて、「イヤイヤ」と身をよじった。

「だ、ダメ……もうイッたのぉ」

そんなことはわかっていると胸の内で返答し、恥肉《ちにく》の狭間に溜まった蜜をぢゅびぢゅびとする。

「くぅううーン」

茉梨花がのけ反り、裸の下半身を痙攣させた。そのまま次のオルガスムスを迎える。

「あああ、ダメッ、イッちゃうの、イクのぉ」

若い女体がバウンドする。「う、う、ううう」と苦しげに呻いた。

それでも、慎一はクンニリングスをやめなかった。

「ほ、ホントにダメ、もう死んじゃう」

すすり泣いての訴えも無視である。

「バカバカ、しないで。あ、あっ、またイクぅ」

彼女は「おうおう」とケモノじみたアクメ声を張りあげ、続けざまに達した。

牡《みなぎ》の漲りに、両手でしがみついて。

（うう、気持ちいい）

彼女は無意識にか、小刻みにペニスをしごいていたのである。それは牡の性感曲線も上昇させた。

「イクッ、イクッ、も、ダメぇえええっ！」

茉梨花が五度目の頂上を迎えたのと同時に、慎一も限界を迎えた。めくるめく愉悦《ゆえつ》に巻かれて、勢いよく精を噴《ふ》きあげる。

「むふふふふふぅ」

唾液混じりの生々しい媚香《びこう》をこもらせた恥苑《ちえん》に、熱い息を吹きかける。全身がエンストしたみたいにガクッ、ガクンとはずんだ。

間もなく静寂が訪れる。テントの中には、男女の淫らな匂いが充満していた。

5

朝になり、ふたりは起きてテントを畳んだ。

あまり言葉を交わさなかったのは、照れくさかったからである。昨晩のことを思い返すと、顔から火を噴きそうであった。

特に茉梨花のほうは居たたまれなかったであろう。かなり声を出していたし、あんなにも乱れたのは初体験なのだから。

荷物をまとめて車に戻り、細い林道を進む。やはりUターンは無理だったが、道が途切れることもなかった。緩やかなカーブが続き、山を迂回しているようだなと気づいたとき、急に景色が開ける。

「あ、ここ——」

茉梨花が声をあげる。そこは彼女が今回訪れたキャンプ場であった。そうであったらと願ったとおり、道が繋がっていたのである。

（助かった……）

慎一は心から安堵した。そして、これからは闇雲に山の中へ入ったりしまいと心に決める。

まあ、そのおかげで、チャーミングな女子大生と一夜を過ごせたのであるが。

「あれ？　なんだか様子がおかしいみたい」

茉梨花が首をかしげる。そこには一夜を明かしたであろうキャンパーたちが二十名近くいたのであるが、何やら騒然としていた。

「あ、あのオジサン——」

彼女が指差したのは、五十がらみと思しき中年男であった。説明されなくても、教え魔のオヤジだとわかった。

「だから言っただろ。この山には出るんだって、幽霊が」

彼は声高に主張している。まだそんなことを言っているのかとあきれつつ、慎一は運転席側の窓を開け、近くにいた男性に訊ねた。

「何かあったんですか？」

「ああ、出たみたいなんだ、幽霊が」

「え、幽霊？」

「夜中に、山のほうから女の声が聞こえたんだと。死ぬ死ぬとか言ってたって。おれは眠ってて気づかなかったけど、何人も聞いたみたいだよ」

これに、慎一と茉梨花は顔を見合わせた。

（いや、それって——）

間違いなく、クンニリングスで乱れまくった茉梨花のよがり声なのだ。

「おたくらは聞かなかったの？」

「い、いや、おれたちは今来たところなので」

「ふうん。ま、幽霊なんているわけないけどさ」

そんなこと、言われるまでもなかった。

慎一たちはそそくさとキャンプ場をあとにした。助手席の茉梨花は顔を真っ赤にして、しばらくのあいだ、ひと言も喋らなかった。

第四章　ラストシーンは断崖で

1

　慎一が再び海を目指したのは、山に懲《こ》りたという部分は確かにある。遭難しかかった上に、要らぬ騒動の原因にまでなったのだ。茉梨花とも気まずくなり、ふもとまで送って別れたときも、連絡先を交換しなかった。

（いい加減な気持ちでいたから、またあんなことになったんだ。邪心を洗い流すためにも、おれは荒波に揉まれなくちゃいけない）

　荒波と言えば日本海。そんな短絡的な思考で行き先を決めたのである。

　慎一の脳裏に浮かんだのは、サスペンスドラマのラストシーンで使われる有名な断崖だった。あそこに立って、潮風と波しぶきを浴びれば、それこそ心が洗われるのではないか。

　かくして、そこを目的地と定め、今回はカーナビの案内に従うことにした。山で迷ったときの不安と恐怖が尾を引いていたためもあった。

道中、車がそこそこ多かった。昼間の時間帯にどうしてと考えて、今日が土曜日なのだと気がつく。曜日の感覚を完全になくしていたのだ。

(一週間の休みも、明後日で終わりなんだな……)

何だかあっという間だった気がする。何が経験できたのかと言えば、三人の女性との甘美《かんび》な戯《たわむ》れのみ。やはり旅の目的は達成できていない。

(よし、残り三日を充実させよう)

そのためにも断崖に立って海を眺め、気持ちを新たにしよう。

現地に到着したのは夕刻前であった。市営駐車場に車を停め、名所である断崖へと足を進める。

海岸へ続く石畳の道は、左右に土産物屋や市場、飲食店が並んでいた。寂れた感もあるそこは、シャッターを閉じているところも目立つ。それでも休日ということで、観光客の姿がそこかしこに見られた。

二百メートルほども歩くと道が狭く、下り坂となる。前方を眺めれば、建物のあいだに日本海が見えた。

(もうすぐだ)

気が逸《はや》り、足の運びが速くなる。間もなく、雄大な景色が目の前に開けた。

（ここがそうなのか——）

階段を下りると広場になっており、奥側に木を模した石の柵がある。その向こうに、寒い色合いの海が広がっていた。

なるほど、名勝《めいしょう》と呼ばれるに相応《ふさわ》しい、見事な眺めだ。心にずしんと迫るものがある。

慎一は、波がザバンと打ち寄せる、断崖絶壁を想像していた。ところが、柵から身を乗り出し、下のほうを覗いたところ、それほど高さがあるわけではない。海に張り出した岩場に降りることもできる。

サスペンスドラマには、犯人が罪を悔いて自殺を試みるなんて場面がけっこうある。しかし、仮にここから飛び降りても、簡単には死ねそうにない。

あるいは、他にもっと危険な場所があるのだろうか。ぐるりと周囲を見渡したとき、少し離れた柵のところに、海を眺める若い女性がいた。

（あれ？）

胸が高鳴る。知っているひとに似ている気がしたのだ。

慎一は彼女のほうに足を進めた。距離が近づき、愁《うれ》いを帯びた横顔がはっきりと見えて、間違いないと確信する。

「滝本さん――」

名前を呼ぶと、彼女がこちらを向いた。

「え？」

信じられないという面差しが、すぐさまほころぶ。

「吉村君も、こっちに来てたの？」

嬉しそうに白い歯をこぼしたのは、慎一が好きでたまらなかった同期の女の子、敦美であった。


近くにあったコーヒーショップに、ふたりは入った。訊《き》きたいことがいくつもあったし、腰を落ち着けて話したかったのだ。

テーブル席で向かい合い、それぞれが注文したものに口をつける。コーヒーの香りが、話しやすい空気を醸成《じょうせい》してくれた。

「滝本さんって、こっちの出身じゃなかったよね？」

いちおう確認すると、敦美が「ええ」と答える。

「じゃあ、知り合いや親戚がいるとか？」

「いないわ」

「だったら、どうしてここに？」

「単なる旅行よ」

答えてから、彼女がクスッとほほ笑む。慎一は胸が熱くなった。

自分はこの笑顔に癒やされ、励まされ、好きという気持ちを芽生えさせたのだ。そばかすも愛らしく、他に男がいるとわかった今も、最高に素敵な女性だと思えた。

（おれはこんなにも敦美ちゃんのことが……）

旅に出て失恋の痛みを忘れるなんて、不可能だったのかもしれない。

「ホントのことを言うと、吉村君の真似をしたの」

意外すぎる発言に、慎一は驚きを隠せなかった。

「え、おれの？」

「うん。なんか、吉村君の姿が見えないなと思って、同じ部署の子にどうしたのか訊《たず》ねたら、休暇を取って旅行してるっていうじゃない。それを聞いて、わたしもどこか遠くへ行きたい気持ちになったの」

敦美の表情に、ふっと影が差す。旅立った理由が、他にもありそうな気がした。

「それだけ？」

問いかけに、彼女が怯《ひる》んだように身を堅くする。

「……それだけって？」

「何か事情があるのかなと思って」

これが他の異性だったら、そこまで詮索《せんさく》しなかったであろう。けれど、好きなひとのことだから、黙っていられなかったのだ。

敦美が黙り込む。絶対に話したくないという雰囲気ではない。どうしようか、どんなふうに打ち明けようかと、迷っているふうに映った。

（おれ、ちょっとは成長したのかな）

以前の慎一だったら、異性の考えていることなど理解できなかったであろう。今回の旅で三人の女性たちと知り合い、あれこれあって、女心が多少なりとも摑めるようになった気がする。

「吉村君、なんだか前と変わったみたい」

「え、どこが？」

「んー、うまく言えないけど、頼りがいが出てきたっていうか」

これもかつての自分だったら、単純に喜び、舞いあがるところであったろう。

「おれ、そんなに頼りがいがなかったかな」

と、冗談めかした受け答えもできるようになった。

「そういう意味じゃなくて」

焦った敦美が、小さなため息をこぼす。黙っていてもしょうがないと思ったらしい。

「あのね、わたし……失恋したの」

この告白には、さすがに慎一も冷静でいられなかった。

(失恋って、じゃあ、多佳子さんの旦那と?)

不倫関係を解消したのなら、喜ばしい限りである。しかし、失恋ということは、男のほうから一方的に別れを切り出されたのか。

(いや、身勝手すぎるんじゃないか?)

怒りがこみ上げる。妻ではない女性を欲望の対象にし、二十代の貴重な時間を奪っておきながら捨てるなんて。男の風上にも置けないやつだ。

「そうだったのか……」

事情を知っていながら、初めて知ったふうに相槌《あいづち》を打つ。すると、敦美が吹っ切るように笑ってみせた。

「まあ、最初からわかってたんだけどね。実らない恋だって。あのひとには、ちゃんと大切なひとがいたんだし」

奥さんがいるのは承知の上で、道ならぬ恋に溺《おぼ》れたわけか。いずれは自分だけの男になってくれるはずと、淡い希望もあったのだろう。

なのに、あっ気なく終わりを迎えたわけである。

(旦那さんが敦美ちゃんと別れて、多佳子さん的にはよかったのかもしれないけれど……)

たとえ夫婦が絆を取り戻しても、傷ついた敦美は報われない。ひとり旅に出たくなるほど打ちのめされたのだ。

そのとき、もしやと疑心が浮かぶ。

「あの、妙なことを考えていたわけじゃないよね？」

「え？」

「ほら、ここって有名なところじゃない。その、飛び降りとか」

敦美は思い詰め、命を絶とうとしていたのではないか。事実、海を見つめていた彼女の横顔は、かつて目にしたことのない憂いを帯びていた。

「わたしが飛び降り？」

敦美が戸惑った面持ちでこちらを見つめる。それも図星を突かれたためのように見えた。

ところが、いきなりプッと吹き出したのである。

「吉村君、か、考えすぎ」

クックッと苦しげに笑い、彼女は目に涙まで浮かべる。よっぽど可笑しかったらしい。

（え、違うの？）

慎一は唖然《あぜん》とするばかりであった。

「ご、ごめんなさい」

ようやく笑いが止まり、敦美が「はあ」と息をつく。まだ頬のあたりがピクピクしていた。

「吉村君も、あそこの断崖を見たんでしょ」

「ああ、うん」

「仮に飛び込んでも、簡単には死ねない気がするんだけど」

それは慎一も同意見だったから、素直にうなずいた。

「ネットで調べたら、たしかに自殺を試みるひとはいるみたいなんだけど、百パー成功するわけじゃないんだって」

だが、そんなことまで事前に調べたのは、死にたい気持ちが多少なりともあったためではないのか。

「わたしは、雄大な景色を見たかっただけ。自殺するのなら、もっと確実な方法を選ぶわ」

そこまであっけらかんと言うのだから、本当に死ぬつもりはなかったようだ。少なくともこの地では。

「ていうか、吉村君はどうして旅行してるの。なんか、一週間も休む予定だって聞いたけど」

「そういう滝本さんは、いつまで休むの？」

「わたしは昨日だけお休みをもらって、明日には東京へ帰るつもりよ」

「そうなんだ」

「わたしのことはいいから、吉村君は？」

こちらの事情を詮索され、慎一はまずいと思った。まさか本人の前で、失恋したからだなんて言えない。

もっとも、敦美が打ち明けた手前、黙っているわけにもいかなかった。

「おれはただのリフレッシュだよ。仕事が忙しかったから、気分転換をしたくなってさ」

「ホントに？」

「滝本さんの部署でも、月曜日に話があったんじゃない？　有休は大切な権利なんだから、ちゃんと取得するようにって。おれはそれを聞いて、だったらしばらくゆっくりしようって思ったんだ」

彼女がなるほどという顔でうなずく。働き方改革について、同じように上司から話があったようだ。

「それじゃ、今までどこへ行ったの？」

「いろいろだよ。海にも山にも行ったし。友達に車を借りたから、気ままにドライブをしてたんだ。民宿に泊まったり、車中泊をしたりとか」

「へえ、いいなあ」

敦美が羨ましそうに言う。それから、悪戯《いたずら》っぽく睨んできた。

「そんな楽しい旅行だったら、わたしも誘ってほしかったな」

本気とも冗談ともつかない発言に、慎一はどぎまぎした。

「いや、おれだって誘いたかったけど」

あとは言葉が続かなくなる。敦美も黙りこくり、無言の時間が流れた。

(……社交辞令なんだよな)

誘ってほしかったなんて、本気ではないのだ。ただ、こちらに話を合わせてくれただけのこと。

そう思いつつも、わずかな希望を捨てきれない。彼女は好意を持ってくれているのではないかと。

多佳子の夫と不倫関係を解消したのなら、慎一が告白してもいいわけである。だが、今すぐにというのは、失恋した弱みにつけ込むようなものだ。もう少し時間を置くべきだろう。

(──いや、そういうのが、おれの駄目なところなんじゃないか?)

慎一は自問した。結局のところ、フラれるのが怖くて逃げているだけではないのかと。

さりとて、なかなか告白の決心がつかない。焦れた挙げ句、「あの──」と話を切り出したものの、何を言うべきか決まっていなかった。

「え、なに?」

　敦美に首をかしげられ、追い詰められる。

「――こうして旅行にまで出るってことは、そのひとのこと、本当に好きだったんだね」

　言ってから、（馬鹿か、お前は）と自らをなじる。彼女に嫌なことを思い出させ、傷口を広げるようなものではないか。

「そりゃね」

　幸いにも、敦美は深く受け止めなかったようだ。むしろ、誰かに話したかったみたいに、自ら打ち明ける。

「十年も好きだったんだもん。我ながら諦めが悪いって思うわ」

　自虐的な口振りに、慎一は混乱した。

（え、十年？）

　多佳子が結婚したのは三年前だ。プロポーズされ、付き合った期間を考慮しても、彼女の夫はその前から敦美と関係があったことになる。

（浮気どころか二股じゃないか）

　しかも十年前となると、敦美はまだ高校生である。そいつはロリコンで、成長した彼女に魅力を感じなくなったため、捨てたのではないか。

だが、本当にロリコンだったら、多佳子を口説いて結婚するだろうか。

「先輩には可愛い彼女がいて、わたしのことなんて眼中にないのもわかってたの。なのに諦めきれなくて……いつかは彼女と別れて振り向いてくれるんじゃないかって、都合のいいことも考えたわ」

敦美が頬を緩める。これまで目にしたことのない、哀しい微笑だった。

「都合がいいっていうか、酷すぎるよね。本当に好きだったら、先輩の幸せを願うべきなのに」

話がかみ合っていないことに、慎一はようやく気がついた。敦美はずっと片想いをしていて、その相手と多佳子の夫が、さっぱり重ならなかったのである。

(ていうか、先輩って?)

多佳子の夫は実物も写真も、間違いなく敦美より年上に見えた。しかし、先輩と呼ぶには年が離れすぎている。同じ学校の出身という意味なら、不思議ではないけれど。

合点《がてん》がいかないという思いが顔に出たのか、敦美が眉をひそめる。

「どうかしたの?」

「ああ、えと」

どこから確認すればいいのかと迷ったとき、スマホの着信音が鳴る。画面に表示された名前は多佳子だった。

「ちょ、ちょっと待ってて。ごめん」

きょとんとする敦美をその場に残し、慎一はスマホを手に急いで店を出た。関係を持った人妻との会話を、彼女に聞かせるわけにはいかない。

『あ、慎一さん？』

やけに明るい声で名前を呼ばれたものだから、何事かと戸惑う。

「ああ、どうも」

『今も旅行中なんだよね。ごめんね、いきなり電話なんかして』

「それはかまいませんけど。何かあったんですか？」

『あのね、ダンナが浮気してるって言ったじゃない。あれ、勘違いだったの』

能天気な発言に、慎一は絶句した。

『もしもし？』

「──あ、はい。ええと、勘違いって？」

『ウチのひとが若い女といっしょにいたって、ご近所さんから密告があった話をしたよね』

「はい」

『あれね、浮気相手じゃなかったの。わたしの妹だったのよ』

その言葉で、様々な疑問が氷解する。

(多佳子さんは、敦美ちゃんのお姉さんだったのか!)

顔が似ていないから、想像すらしなかった。そもそも苗字も違うしと考えて、結婚したからだと気がつく。

そう言えば、最初に多佳子を車に乗せたとき、初めて会ったとは思えない親近感を抱いた。あれは無意識のうちに、ふたりの共通点を感じ取ったためではなかったか。たとえば声のトーンとか、匂いとか。

ともあれ、慎一が目撃したのは、義理の兄と一緒の敦美だったのだ。

(……そっか。敦美ちゃんに男のきょうだいがいないのは知ってたけど、お姉さんか妹がいるかは聞いてなかったんだ)

入社して間もない頃にあった若手の飲み会で、ある男性芸能人の話題になった。敦美は、その芸能人は彼氏にするよりも、お兄さんになってほしいと言ったのである。そして、自分には男のきょうだいがいないから、憧れが強いとも。

当時の慎一は、敦美と気安く言葉を交わせなかった。彼女の話にうなずくばかりで、突っ込んだ質問などできなかったのだ。

もしもそのとき、女のきょうだいについて訊ねていれば、姉が結婚し、義理の兄がいることもわかったであろう。今回の誤解は、元を正せば自分が腑甲斐《ふがい》なかったせいだとも言える。

もちろん主犯は、確かめもせず密告した、多佳子のご近所さんであるが。

（多佳子さんも、妹じゃないのかって疑わなかったのか？）

夫の仕事が忙しくて、相手をしてもらえず不満が溜まっていたようである。そのため、端っから浮気に違いないと思い込んだのかもしれない。

「どうして妹さんだってわかったんですか？」

『あのね、わたしはすっかり忘れてたんだけど、昨日、結婚記念日だったの。それで、あのひとが指輪をプレゼントしてくれて、忙しくて寂しい思いさせたねって。その指輪を買うのに、自分にはセンスがないから選べないって、妹に手伝ってもらったっていうのよ』

では、あの日宝石店で敦美が選んでいたのは、姉への贈り物だったのか。

仲睦《なかむつ》まじく見えたのも、義理の兄妹なら当然だ。まして多佳子を驚かせようと結託していたのなら、尚さら親密なふうに映ったであろう。

『ふたりとも、わたしをびっくりさせようって、ずっと秘密にしてたみたい。まったく、意地が悪いわよね』

などと言いながら、声がはずんでいる。嬉しかったのだ。

（ていうか、多佳子さんのほうが結婚記念日を忘れていたなんて……）

そういうのは、だいたい夫が失念して、妻を不機嫌にさせるのが一般的だと思われる。慎一の両親もそうだった。

振り返って考えるに、多佳子は結婚二年目か三年目かも間違えそうになったのだ。もともと無頓着で、細かいことは気にしない性格なのかもしれない。

だからこそ、横断歩道で停止したという理由だけで慎一の車に乗り込むなど、無茶なことができたのか。

『それでね、昨夜は久しぶりにあのひとと――』

言いかけて、人妻が口ごもる。何を言おうとしたのか、慎一は即座に察した。

（旦那さんとセックスしたんだな）

ひと夜限りとは言え、関係を持った相手である。嫉妬を覚えないと言えば嘘になるが、それよりは祝福したい気持ちのほうが勝っていた。

「よかったですね」

告白に先んじて喜びを共有すると、彼女が『まあね』と照れくさそうに答えた。

『そういうわけだから、あの日のことは、ふたりだけの秘密にしてね。わたしがヒッチハイクしたことや、慎一さんがウチに来たことも含めて』

「もちろんです。誰にも言いません」

『うん。信じてるわ』

「あ、それから――」

『え？』

「結婚記念日、おめでとうございます」

多佳子は少し間を置いて、『ありがとう』と礼を述べた。

『慎一さん、何だか男らしくなったみたい』

「え、そうですか？」

『うん。声だけでもわかるもの』

敦美にも頼りがいが出てきたと言われた。それが本当だとすれば、やはり多佳子や和世、茉梨花のおかげなのだ。ほんの数日の旅であったが、女性たちとのふれあいが人生の糧になったと感じる。

だからこそ報いなければならない。彼女たちに何かを与えるのではなく、自分が男として成長し、大切なひとを幸せにすることで。

「じゃあ、これからも旦那さんと仲良くしてください」

『ええ。慎一さんも頑張ってね』

「はい。それじゃ」

通話を切り、慎一は「むん」と気合いを入れた。やるべきことは、すでに決まっている。あとは実行あるのみだ。

2

「ごめん、待たせちゃって」

敦美のところに戻って謝ると、彼女は「ううん」と首を横に振った。

「お仕事の電話？」

「ああ、うん。どうしても対応しなくちゃいけなくて」

本当はお姉さんと話していたなんて、言えるはずがない。多佳子と知り合ったことは秘密なのだから。

「ところで、滝本さんが失恋した先輩って、高校の？」

「え？　あ、うん」

「こうして旅行に出たくなるぐらいだし、本当に好きだったんだね」

「うん……先輩に近づきたくて、同じ部活にも入ったし――あ、バスケ部ね。入ってすぐに、マネージャーが彼女だってわかったんだけど、どうしても諦められなかったの」

敦美の目が少し潤む。出会ったときのことや、部活動での出来事などが蘇ったのか。

「先輩とは、大学も同じだったの？」

「ううん、高校だけ。会社もべつべつだし」

「そうすると、連絡は取り合ってたの？」

「バスケ部は縦の繋がりが密だから、卒業したあとも会う機会はまああったの。あと、メールアプリのグループがいくつもあって、先輩とは個人的にチャットすることもあったし。まあ、雑談とか、相談みたいなやつだけど」

あくまでも先輩後輩の間柄で、ずっと想いを寄せていたのか。なんて一途で健気なのだろう。

「そうすると、失恋したっていうのは？」

「……先輩が結婚することになったの。その、マネージャーだった彼女と」

高校時代からの恋人関係を解消することなく、結婚にまで至るとは。その先輩も、かなり誠実な男のようである。

(敦美ちゃんが好きになるのもわかるな)

くだらない男に惚《ほ》れるような子ではない。と、こちらも惚れた弱みで持ちあげる。

「グループメールで連絡があって、みんなおめでとうってお祝いの返信をしてたわ。わたしもスタンプを送ったんだけど、ああ、これでわたしの恋は終わったんだって考えたら悲しくて、その晩はわんわん泣いちゃった。いいオトナのくせに、みっともないんだけど」

敦美は笑顔で告白したものの、その目からは今にも涙がこぼれそうだ。ひと晩泣いたからといって、簡単に吹っ切れるものではあるまい。

「でもね、先輩の結婚が決まって、ホッとしたところもあるんだ」

「え、なに?」

「これですっぱりと諦められるって。いつまでも先輩を忘れられずにいたら、新しい恋もできないじゃない」

彼女は前に進もうとしている。この旅行も、過去の恋心を断ち切るためのものだったのだろう。

（強いんだな、敦美ちゃんは）

ならば、彼女を好きな自分も、同じように強くなるべきだ。

「あのさ、おれがさっき言ったこと、実は嘘なんだ」

「え、ウソって？」

「気分をリフレッシュさせるために旅へ出たって話。本当はおれも、敦美ちゃんと同じなんだよ。失恋したんだ」

「ええっ⁉」

敦美が目を見開き、驚きをあらわにする。もっとも、すぐに納得顔でうなずいたから、共通する心情を感じ取っていたのかもしれない。

「だけど、吉村君って彼女いなかったよね」

「それも滝本さんと同じで、ずっと片想いしてたんだ」

「そっか……」

彼女が相槌を打ち、口を引き結ぶ。痛みや苦しさを知っているからこそ、安易な慰めを口にしなかったようだ。

「おれも、つらくて悲しくて、やり場のない思いをどうにかしたくて旅に出たんだ。センチメンタルジャーニーってやつ。だから目的地を決めないで、思いつきで車を走らせてたんだよ。何かが見つかって、気が晴れるかもしれないって」

「そうだったんだ」

「おれの片想いの相手は、滝本さんだよ」

思い切って打ち明けると、敦美が怪訝《けげん》な面持ちを見せる。いきなりすぎて、何を言われたのか理解できなかったらしい。

「——え、あ、わたし⁉」

ようやくわかったようだが、彼女にとっては意味不明であったろう。明らかに混乱した様子である。

「だけど、わたしに失恋したって、どういうこと？」

「前の日曜日に、おれ、滝本さんを見たんだ。街で男のひとといっしょにいるところを。それが恋人同士みたいに見えたから、おれの恋は終わったって決めつけたんだ」

「え、日曜日？」

敦美が記憶を手繰《たぐ》る表情を見せる。すぐに思い出したようで、焦り気味に説明した。

「それ、ひと違いよ。あ、ええと、勘違い？　とにかく、わたしがいっしょにいたのは彼氏じゃなくて、お姉ちゃんの旦那さんなの」

「あ、そうなんだ。それはともかく、滝本さんの片想いの話を聞いて、おれは早《はや》合点《がてん》をしてたってわかったんだ」

慎一は自虐的に笑い、肩をすくめた。

「まったく、馬鹿だなって思うよ。ちゃんと確かめもせずにさ」

「ホントにそう。わたしに訊けば教えたのに」

敦美がむくれる。勝手な思い込みで旅に出て、しかもそれに自分が関わっていたと知り、複雑な心境なのだろう。

「うん、ごめん。だけど、あのときは本当に悲しくて、つらくて、ああ、おれはこんなにも滝本さんが好きなんだってわかったんだ」

「そ、そんな」

愛の告白にも等しい打ち明け話に、彼女がモジモジする。まともに顔が見られなくなったか目を泳がせ、慎一を何度もチラ見した。

「だから、今度はしっかり言うよ。おれは滝本さんが好きなんだ。入社したときから、ううん、面接で励まされたときから、ずっと好きだった」

「吉村君……」

「その気持ちは、片想いの話を聞かされた今も変わらない。むしろ、一途で純粋な滝本さんが、ますます好きになった。自分の一生を懸けて、守ってあげたいって思うぐらいに」

「………」

「さっき、滝本さんは新しい恋をするみたいなことを言ってたけど、その相手におれを選んでくれないかな」

受け入れてもらえると確信していたわけではない。正直、玉砕も覚悟の上だった。

けれど、仮にフラれても後悔はしない。勝負をしないで逃げ出すより、正々堂々と闘って敗れたほうがすっきりする。

俯いて、しばらく無言だった敦美が、ふうと息をつく。顔をあげ、慎一を真っ直ぐに見つめた。

「……失恋から立ち直るには、新しい恋をするのがいいって言うよね」

同じことは和世にも言われた。よく聞く台詞だし、べつに不思議ではない。

なのに、お互いを知らないはずのふたりの女性が、奇妙な縁で繋がっている気がした。それこそ、敦美と多佳子が姉妹だったみたいに。

「あと、お姉ちゃんには旦那さんがいるんだけど、結婚を決めるときに、わたしにこう言ったの。女は愛する男よりも、愛してくれる男といっしょになるほうが幸せなのよって」

「……うん」

「お姉ちゃんは今、幸せなはずだし、それって正しいと思うの」

何かを決意するようにうなずき、敦美が問いかけてくる。

「吉村君は、わたしを本当に愛してくれるの？」

「もちろん。これからもずっと滝本さ——敦美ちゃんだけを愛する」

きっぱり告げると、彼女がクスンと鼻をすする。それから、泣き笑いの顔を見せた。

「ねえ、今夜泊まるところって決めてる？」

「ううん、まだ」

「わたしもなんだ。ねえ、ふたりで泊まれるところを探さない？」

この提案に、慎一は天にも昇る心地を味わった。

そう遠くない場所のペンションに、ふたりでチェックインする。海のそばの、窓からの眺めが抜群にいいところである。急なキャンセルがあって、運良くツインルームが空いていたのだ。

(おれは今夜、ここで敦美ちゃんと――)

どこまで進展するのかなんてわからない。ただ、これまでよりもぐっと距離が近づいたのは確かだ。

3

ダイニングルームで食事をし、入浴は大浴場で別々に済ませる。テラスで夜の海を眺めながらおしゃべりをして、いよいよ就寝である。

「そろそろ寝ようか」

声の震えを圧し殺して告げると、敦美が「ええ」とうなずいた。

ツインルームだからシングルベッドがふたつ。浴衣などはなく、彼女は寝間着代わりのスウェットを着ていた。色めいた展開になりづらい状況である。

(べつに、今夜決めなくてもいいんだ。焦ることはない。付き合って、時間をかけて関係を深めていければ)

頭に浮かんだ考えを、慎一は急いで打ち消した。

（そんなことじゃ駄目だ。いつもいつも大事なことを後回しにして、逃げてばかりいたんじゃないか）

新しい自分に生まれ変わるのだと、自らに言い聞かせる。

「あのさ、いっしょのベッドで寝てもいいかな」

思い切って告げると、今まさに横になろうとしていた敦美は、困惑を浮かべた。

「いっしょにって、シングルだから狭いわよ」

「かまわない。おれは敦美ちゃんを離したくないんだ」

今回の旅で関係を持った三人の女性にも、そこまで歯の浮くような台詞は言っていない。というより、彼女にだから言えるのだ。

「……ちょっと待ってて」

敦美がベッドにもぐり込む。掛け布団を頭からすっぽりとかぶった。

（これは、駄目ってことなのかな？）

言葉ではなく、態度で拒んでいるのか。

やはり性急だったかもしれないと後悔したとき、ベッドの外に何かが落とされた。彼女が着ていたスウェットだ。シャツに続いてパンツも。

愛しいひとが下着姿になったとわかり、慎一は心臓が破裂しそうであった。

「吉村君も脱いで……全部」

ベッドの中から声がする。慎一は「わ、わかった」とうろたえ気味に返事をし、着ているものをすべて脱ぎ捨てた。

「入るよ」

掛け布団を少しだけ持ちあげて、身をすべり込ませる。甘い香りをまとった女体を抱きしめれば、なめらかな肌は極上のシルクのよう。柔らかさも感動的で、無性にジタバタしたくなる。

触れてみれば、敦美も一糸まとわぬ姿であった。下着は枕の下にでも隠したのか。

(最後までするつもりなんだな)

嬉しくて、何もしないうちから涙がこぼれそうになる。

「吉村君」

声をかけられ、慎一は「なに?」と答えた。

「わたし、先輩が結婚するから諦められるって言ったけど、あれ、ウソなの」

「やっぱり忘れるのは無理。だって、ホントに好きだったんだもの」

「嘘？」

「それは、うん……」

「わたしひとりだと、前に進むのは無理みたい。だから吉村君が、先輩のことを忘れさせてくれる？」

そんな願いを口にするまでに、信頼してくれているのか。

「わかった。おれにまかせて」

安請け合いをすると、彼女が掛け布団から顔を出す。なぜだか挑発的な目をしていた。

「言っとくけど、わたしを甘く見ないでね。ずっと先輩のことが好きで、これまで誰ともお付き合いしてこなかったのよ」

「わ、わかってるよ」

「ホントに？　わたし、この年で何も経験がないの。いい年をしてバージンの女なんて、すごくめんどくさいんだからね」

怯ませるために言っているのではないと、慎一にはわかった。男としての覚悟を問うているのだ。

「敦美ちゃんといっしょなら、面倒なことも大歓迎だよ」

「……バカ」

胸に縋《すが》りついた彼女の背中を、優しく撫でる。ほんのり汗ばんでいるのは、男と裸でふれあうことに緊張しているためではないのか。

その気持ちを、少しでも楽にしてあげたい。

顔を上に向かせて、敦美の唇を奪う。途端に、裸身が強ばった。

「ん……」

閉じた唇から、かすかに息がこぼれる。歯磨きをしたあとの、清涼な香りが好ましい。

軽く吸うだけの、中学生同士みたいなおとなしいキスを続ける。彼女のからだが、徐々にしなやかさを取り戻した。

頃合いを見て、舌を差し入れる。

何も経験がなくても、二十五歳の大人なのだ。男女の行為についても知識はあるのだろうし、くちづけで舌を絡めることぐらいわかっているはず。

実際、敦美はためらいながらも、舌を与えてくれた。

チロチロとくすぐり合うと、全身に甘美な痺《しび》れが行き渡る。処女を奪うことに敬虔《けいけん》な気持ちを抱いていたため、慎一はそれまで勃起《ぼっき》していなかった。ここに来て、海綿体《かいめんたい》が血液を集め出す。

最初は腰を引いて、勃起を悟られないようにしたのである。しかし、有りのままの自分を見せるべきだと悟った。

ふたりの舌がねっとり絡まる。慎一は彼女を強く抱きしめると、分身を柔肌《やわはだ》に押しつけた。

一瞬、敦美の舌が動きを止める。下腹部に感じる硬いモノの正体がわかったのだろう。

それに怖じ気づくことなく、濃密なくちづけが再開された。

ピチャッ……チュウ――。

重なった口許から、官能の音がこぼれる。むしろ敦美のほうが、舌を大胆に動かしていた。慎一が圧倒されるほどに。

「はあ」

ようやく唇が離れると、彼女が大きく息をつく。

「今のがオトナのキスなのね」

上気して赤らんだ頬に、感激が表れていた。

「敦美ちゃん、キスがすごくじょうずだったよ」

「そう？　わたし、初めてなんだけど」

「きっと素質があるんだね」

慎一も、多佳子にキスを褒められたのである。その言葉を妹へ返すことになるなんて。

「吉村君って、女の子をいっぱい知ってるの？」

敦美が首をかしげる。じょうずだと褒めたぐらいだから、経験豊富だと思ったのか。

「まさか。おれも敦美ちゃんひと筋だったから、経験はそんなにないよ」

「そうなの？」

「今だって、敦美ちゃんと裸で抱きあって、舞いあがってるんだ。だって、夢が叶ったんだもの」

「大袈裟《おおげさ》ね」

あきれた口調ながら、目が笑っている。心が通い合ったことで、彼女も大胆になれたらしい。

「ねえ。わたしのお腹に当たってるのって、アレでしょ？」

「うん」

「さわってもいい？」

「もちろん」

ふたりのあいだに、敦美の手が入り込む。さほどためらうことなく、屹立《きつりつ》を握った。

「うう」

目のくらむ快《こころよ》さに呻《うめ》く。ずっと好きだった女の子が、ペニスを握ってくれたのだ。こんなに嬉しいことはない。

「すごく硬い……それに、意外と大きいんだね」

意外は余計だと思ったものの、彼女にとっては率直な感想だったようだ。

「わたしとキスして、こんなになっちゃったの？」

「そうだよ。敦美ちゃんが大好きだから、大きくなったんだ」

「だったら、見てもいい？」

「え？」

「わたしが大きくしたんだから、見る権利があるでしょ」

妙な理屈を口にして、敦美がまた掛け布団の中にもぐり込む。慎一は諦めて仰向けになった。

彼女は下半身に到達すると、牡《おす》の強ばりに顔を寄せ、観察しようと試みたようだ。

「んー、暗くてよく見えない」

くぐもった声が聞こえる。布団の中だから当たり前だ。

掛けているものをすべて剝《は》がせば、ちゃんと見えるのである。しかし、そうすると裸体を晒《さら》さねばならない。それが恥ずかしくて、暗がりでどうにかしようとしているのだ。

そして、掛け布団の端を少しだけ持ちあげて、内部に光を差し込ませる。

「へえ、すごい」

今度はしっかり見えたようで、敦美が感心する。手を動かし、包皮《ほうひ》を剝《む》いたり戻したりした。観察というよりは弄《もてあそ》んでいるふうだ。

無修正の性器は、静止画でも動画でも、今どきネットでいくらでも見られる。彼女もそれらを目にしたことがあるのではないか。だから凶悪な器官も平気でさわれるのだろう。

敦美は陰嚢《いんのう》にも指を添え、持ちあげて会陰《えいん》側まで覗き込んでいるようである。

そこまでされると、慎一のほうが居たたまれない。

なのに自由にさせていたのは、次の展開を考えてのことであった。

「あうっ」

慎一は堪《こら》えようもなく声をあげ、腰をわななかせた。亀頭《きとう》にキスをされたからだ。さらに、筋張った肉胴《にくどう》もチュッチュッと吸われる。

（まさか、フェラチオをするつもりなのか？）

そういう行為があると知っていたら、挑戦しても不思議ではない。敦美はけっこう好奇心が旺盛のようであるし。

期待が高まったものの、彼女はキスだけで終わらせ、掛け布団の中から這《は》い出した。

「ふう」

堪能しきったみたいに息をつく。

「平気だったの？」

訊ねると、「なにが？」と怪訝な顔。

「いや、あんなところにキスしたから」

「ああ。だって可愛かったんだもん」

「ほら、可愛い赤ちゃんとかペットとか、キスしたくなるじゃない。それと同じこと」

「え？」

勃起したペニスなど、どちらかと言えばグロテスクな見た目である。可愛いなんて感想がどうして出てくるのか不明だ。

(敦美ちゃんって、亀をペットにしてたことがあるのかな？)

などと、くだらないことを考えてしまう。ともあれ、

「じゃあ、今度はおれの番だね」

慎一が言うと、敦美が目をぱちくりさせた。

「え、何の番？」

「おれも敦美ちゃんがしたのと同じように、アソコを見てもいいんだよね」

公平な権利を主張するため、好きにさせていたのである。ところが、

「だ、ダメっ」

即座に拒まれてしまった。

「え、どうして？」

「だって……恥ずかしいもん」

敦美が目を潤ませる。好きな子に涙を見せられたら、とても無理強いなどできない。

「だったら見ない。さわって、キスをするだけ」

譲歩すると、「うん、それなら」と、あっさり許可された。

（敦美ちゃんって、ハダカに自信がないのかな？）

そう言えば、服を脱ぐときも布団をかぶっていた。まあ、男を知らないから、裸身を晒すのに抵抗があるのだろう。

彼女が仰向けになると、慎一はからだの位置を下げた。掛け布団を剝がさないよう、注意深く動く。

抱きしめたときからわかっていたが、乳房はそれほど大きくない。ブラジャーをする必要のなかった和世よりは、わずかにふくらんでいる程度か。

そのため、揉むのを躊躇《ちゅうちょ》して、頂上の突起に口をつけた。

「キャッ」

敦美が悲鳴をあげる。舌で乳首をはじくようにすると、「ダメダメ」と身をよじった。

「やめて、く、くすぐったい」

両腕で胸を庇《かば》い、それ以上はさせまいとする。感じるから恥ずかしいのではなく、本当にただくすぐったいだけのようだ。

（経験がないから、性感が発達してないんだな）

諦めて下降しながら、慎一は不安を覚えた。この調子だと、秘められたところに触れても同じようにくすぐったがるだけで、まったく感じないのではないかと。

すっきりとへこんだお腹にもキスをして、いよいよ女体の中心に至る。顎《あご》や頬が触れた感じからして、秘毛《ひもう》の生え具合がなんとなくわかった。濃さはごく普通のようである。

（あ、これは）

ぬるいかぐわしさを嗅いでうっとりする。ほのかなチーズ臭は、女芯《にょしん》の香りに間違いない。その部分から熱気が放たれているのもわかる。

指で触れたところ、恥割《ちわ》れはじっとりと湿っていた。

（よかった。濡れてる）

キスと抱擁《ほうよう》で昂《たかぶ》り、肉体は受け入れ準備を整えていたのだ。

「あ、あ――イヤぁ」

敏感な部分を探ると、若腰がビクッとわななく。艶《つや》めいた声からして、ちゃんと感じてくれているようだ。

もっとも、慎一が恥苑《ちえん》に口をつけ、舌で探索しようとすると、

「そ、それダメぇ」

敦美が太腿《ふともも》で頭を挟み込む。腰もよじり、それ以上は許さないという強い意志を示した。

仕方なく、慎一は掛け布団から這い出した。

彼女は涙目で息をはずませていた。顔を合わせると、今にも泣きだしそうな顔で睨んでくる。

「吉村君、エッチすぎるわ」

そこまで淫《みだ》らなことを仕掛けたつもりはなかったから、慎一は狼狽《ろうばい》した。

「え、そうかな？」

「そうよ。わたし、初めてなんだからね。最初からあれこれされたら、頭がパンクしちゃう」

確かにその通りだと、素直に反省する。

「そうだね。ごめん」

謝ると、敦美がクスンと鼻を鳴らす。首っ玉に縋りつき、唇を重ねた。

(敦美ちゃん、大好きだよ)

胸の内で想いを伝え、深いくちづけを交わす。清涼な唾液を味わい、すべすべした肌を撫で回した。

そのまま、正常位で結ばれるかたちになる。

唇が離れると、濡れた瞳が見つめてくる。黒くて深いそこに、身も心も吸い込まれそうな心地がした。

「ね、いい年をしてバージンの女って、めんどくさいでしょ」

諭す口振りながら、どこか甘えているようにも感じられる。

(おれのことを信じてるから、そんなことが言えるんだな)

彼女はすべてを捧げようとしている。それをしっかりと受け止め、幸せにしてあげることが己の使命なのだ。

「全然面倒じゃないよ。おれは、敦美ちゃんを愛してるから」

真っ直ぐに伝えると、照れくさそうに目を伏せる。優しくて、純粋で、少しも穢《けが》れていない女の子。出会えたのは運命なのだと信じられた。

「おれに、敦美ちゃんの初めてをくれる?」

問いかけに、言葉ではなく行動で応える。彼女は両脚を掲げると、慎一の腰に絡みつけた。

牡のシンボルは、手を添える必要がないほど強ばりきっている。濡《ぬ》れ苑《その》を切っ先が捉えており、そこから身につまされるような熱さが伝わってきた。

「わたしを奪って」

短い要請にうなずき、彼女の中へ身を投じる。深く確実に結ばれるために。

「あああっ」

切なさをあらわにした悲鳴が、ツインルームを女の色に染めた。

4

狭いシングルベッドで身を寄せるふたり。互いの汗ばんだ肌を撫で、激情の余韻にひたる。

（……おれ、とうとう敦美ちゃんと結ばれたんだ）

射精後の気怠《けだる》さの中、ひとつになれた感激を嚙み締める。胸に頬を寄せる敦美が、愛しくてたまらなかった。

「まだ痛い？」

訊ねると、彼女は首を横に振った。

「ううん。最初にズキッてしただけだし、もう平気」

静かな声で告げ、身をもぞつかせる。終わったあとで股間に挟んだティッシュをはずし、掛け布団の外に出した。

中に注ぎ込まれたザーメンを吸ったそこには、処女を散らしたことを示す、ピンク色の証があった。

「しちゃったんだね、わたし……」

敦美がつぶやく。ようやく実感がこみあげたのか。

「ひょっとして、後悔してるの？」

問いかけに、彼女は何も答えない。ナマ乾きのティッシュを丁寧に畳み、枕の下に入れた。

「……ありがと」

唐突に礼を言われ、慎一は面喰らった。

「え、何が？」

「ちゃんと優しくしてくれて……わたし、女になれたのね」

目を潤ませ、頬を緩める。そばかすがこれまでになくチャーミングに見えて、慎一はそこにキスをした。

「やん」

敦美がくすぐったそうに眉根を寄せる。

「おれのほうこそ、ありがとう。敦美ちゃんが大切に守ってきたものをもらえて、すごくうれしいよ」

「べつに守ってきたわけじゃ――」

否定しかけたあと、彼女は《ま、いいか》というふうに肩をすくめた。

「明日、東京まで車で送ってくれる？」

「うん、いいよ」

「よかった。ねえ、途中で寄り道もしようね。せっかくの休みだし、買い物もしたいな。付き合ってくれるよね？」

「もちろん」

「あー、どこに寄ろうかなあ。金沢《かなざわ》とかいいかも。あとは信州かな」

嬉しそうに予定を考える敦美を見ていると、それだけで幸せな気分になる。慎一は彼女の髪を撫で、今度はおでこにキスをした。

「吉村君って、けっこうキス魔だね」

悪戯っぽい目で睨まれ、ちょっと怯む。

「そ、そうかな?」

「違うの?」

「敦美ちゃんがすごく可愛いから、キスしたくなるだけだよ」

これに、彼女が真っ赤になってうろたえる。

「か、可愛いって、わたしが?」

「そうだよ。あれ、言ってなかったっけ?」

「うん……」

恥ずかしそうな上目づかいを向けられ、そうだったろうかと首をかしげる。胸の内で、ずっと可愛いと思っていたから、口に出したと錯覚したのか。

「あー、もう、どうしよう」

敦美がいきなり苛立《いらだ》ちをあらわにしたものだから、慎一はギョッとした。

「え、どうかしたの?」

「さっき、お姉ちゃんに言われたことを教えたよね。女は愛する男よりも、愛してくれる男といっしょになったほうが幸せだって」

「うん。それが?」

「わたしも、吉村君のことが好きになっちゃったみたい」

拗《す》ねた目で言われて、頬が緩む。相思相愛だと幸せになれないと思っているのだろうか。

「そういうところも、本当に可愛い」

「もう」

敦美が赤面し、慎一の胸に甘える。何を思ったか、牡の股間をまさぐった。

「あうう」

射精して軟らかくなったペニスは、ピロートークのあいだにいくらかふくらんでいたようである。そのため、快い指の刺激でたちまち復活する。

「え、ウソ」

猛々《たけだけ》しさを取り戻した牡器官に、敦美は目を丸くした。

「すごい……また大きくなった」

「あ、敦美ちゃん」

慎一は息をはずませ、腰をくねらせた。

「これって、またわたしとしたいってこと？」

「うん。あ、いや、でも——」

躊躇したのは、処女喪失の傷が癒えていないと思ったからだ。

「敦美ちゃんは無理しなくていいよ。また血が出るかもしれないし」

「じゃあ、これはどうするの？」

強ばりを強めに握っての問いかけ。慎一は返答に詰まった。

すると、敦美がいいことを思いついたという顔を見せる。

「だったら、手でしてあげる」

「え？」

「わたし、やってみたかったんだ。男の子のここが大きくなって、年上の女のひとがしょうがないわねって、手で出させてあげるやつ」

いったいどこでそんなシチュエーションを目にしたのか。そもそも自分たちは同い年なのである。

まあ、あくまでも、そういう体《てい》でということなのだろう。

(敦美ちゃんのほうこそ、けっこうエッチなんだな)

けれど、そのほうがいい。いずれ恥ずかしさも薄らげば、様々な愛戯《あいぎ》を試せるようになるはずだ。

「吉村君、ううん、慎一君は、掛け布団を持ちあげてて。白いのがかかっちゃわないように」

呼び方も変わって、もはや拒める雰囲気ではない。柔らかな手指でしごかれ、放出したかったのも事実である。

掛け布団の内側に手を入れ、お腹のところを浮かせて空洞をこしらえる。ザーメンがほとばしっても汚さないように。

「じゃ、気持ちよくしてあげる」

握り手がスライドし、筒肉《つつにく》をこする。

「これでいいの？」

敦美は心許なげだ。初めてだから勝手がわからないのだろう。

「外側の皮で、中の芯をこするようにしてみて」

アドバイスをすると、程なくコツを摑む。手の動きもリズミカルになった。

「ふうん。オチンチンって、うまくできてるんだね」

子供っぽい感想を述べつつも、同期の男を桃源郷《とうげんきょう》に漂わせる。

（敦美ちゃんが、おれのチンポをしごいてる――）

しかも、精液を出させようとしているのである。ずっと片想いをしていたことを考えると、リアルな夢を見ているような錯覚に陥《おちい》った。

だが、これは紛れもなく現実なのだ。

「あ、敦美ちゃん、イクよ」

頂上が迫り、鼻息がフンフンと荒くなる。

「いいよ。出して」

「あの、出たあとも手を動かして。そうすると気持ちいいから」

「わかった」

「ああ、あ、いく」

腰をぎくしゃくと跳ねあげ、慎一は射精した。熱い体液を、自身の腹部にびゅるびゅるとほとばしらせる。

「わ、すごい。たくさん出てる」

掛け布団の内側を覗き込み、敦美がはずんだ声をあげる。その間も強ばりをしごき続けてくれたおかげで、性感が高い位置で推移した。

(最高だ――――)

慎一は分身をしつこく脈打たせ、絶頂の余韻を長く愉しんだ。

※この作品は双葉文庫のために書き下ろされたもので、完全なフィクションです。

双葉文庫

た-26-55

遠《とお》くであの子《こ》を抱《だ》きながら

2023年3月18日　第1刷発行

【著者】
橘 真児《たちばなしんじ》

【発行者】
箕浦克史
【発行所】
株式会社双葉社
〒162-8540 東京都新宿区東五軒町3番28号
［電話］03-5261-4818（営業部）　03-5261-4833（編集部）
www.futabasha.co.jp（双葉社の書籍・コミックが買えます）
【印刷所】
中央精版印刷株式会社
【製本所】
中央精版印刷株式会社

【フォーマット・デザイン】
日下潤一

ISBN978-4-575-52653-0 C0193
Printed in Japan

双葉文庫